AF295067

NÄR VARGEN KOM TILL BÖTERA

...eller Flykten från vargfällan

Jan Eric Arvastson

ISBN: 978-91-7969-894-2

Författare: Jan Eric Arvastson

Hemsida: www.arvastext.se

Omslag: Christer Wallgren

Produktion: Christer Wallgren WMC

Förlag: BoD – Books on Demand, Stockholm, Sverige

Tryck: BoD – Books on Demand, Norderstedt, Tyskland

V1.032 - 2020-11-25

vanför gården... finns lämningar efter en varghage. Vallar är uppskottade. På dessa vallar inhägnades varggården, med... trävirke i lutande ställning inåt. I inhägnaden... lades gamla hudflängda hästar. När vargen fick syn på kadavren, gick han opp på den lutande inhägnaden och hoppade in... för att spisa på köttet. När han skulle ut, lutade bygget mot honom och det gick inte. På det sättet fångades en del vargar. Ävenså... spändes vargnät i skogen, och folk uppbådades att driva vargarna mot näten. När de fastnade, passade folk på att döda dem med spjut...

Ur C.G. Bergs anteckningar: "Personliga iakttagelser, och sägner berättade av gamla byamän födda i början av 1800-talet". Bötterums hembygdsgård

...

Det som här ska berättas skedde något år kring 1830, i östra Småland i Sverige. En vargflock hade synts på våren i skogarna. Oron spred sig bland folk. På stämman i Bötera, en by i trakten, beslöt man att ordna fällor. Vilken sort? Byrådet bestämde sig för ett par varggropar. Man tyckte varggropar var säkrast och effektivast. De skulle stå färdiga kommande höst. För mot vintern var hotet från vargen störst.

Rovdjuren hade alltså återvänt till trakten, efter att ha varit borta några år. Detta trots att det var ont om älg, hjort och rådjur. Att det fanns få bytesdjur för vargarna berodde på människans ivriga jakt. Landets högste, Kungen, hade givit bönderna tillbaka rätten till jakt i markerna. Förut hade bara kungliga och adelsmän fått jaga. De hade gjort det ganska sparsamt, mest för nöjes skull. Men nu fällde böndernas och torparnas jaktlag allt de kom åt. För mer att lägga på tallriken behövdes alltid för småfolket i dessa fattiga tider.

Kapitel 1 Laken och Lyftstenen

Kylan hade kommit tidigt det här året. Den hade inte åtföljts av någon snö. Det hade Henning inget emot. Då blev det blankis på sjöarna, slät och genomskinlig som glas. Och man kunde göra något så spännande som att fiska lake med klubba eller påk.

När Hennings klasskamrat Emil hade fått höra, att Henning tänkte gå och leta lake, hade Emil gått fram och puffat till Henning. Med det menade han: Jag vill följa med.

Henning hade vänt sig bort och inte svarat. Det betydde nej.

Henning kunde visst tänka sig att ha en kamrat med sig. Någon att dela upplevelsen med. Men Emil? Nej, han dög inte...

Henning, 11 år, var inte så stor. Mera mager och spänstig. Huvudet var det största på honom, med mörkt hår och blå ögon. Ögonen såg ofta lite sömniga ut. Och ibland verkade det som han tittade vint. Men det var en synvilla. Henning var en vaken och rask pojke. Han funderade ganska mycket också, för att vara så ung.

På förmiddagen nästa dag – som var skolfri – begav sig pojken till sin favoritsjö, Mosjön. Den låg ett stycke från hans hem. Där fanns det stora feta lakar. Hans mor Lovisa brukade bli mycket belåten när han kom hem med en eller ett par. De är goda, sa hon. Men du är väl försiktig på isen, Henning?

De fula fiskarna var inte lätta att upptäc   unde få söka både länge och väl innan man fick sy   en kom glidande under isens genomskinliga skiva. Och då – gällde det att slå till snabbt och hårt med sin påk, och på rätt ställe. Sedan få hål i isen och lyfta upp fisken, innan domningen släppte och den simmade bort

Vädret hade blivit skönt. Solen hade lyst hela morgonen och mildrade kylan.

Pojken höll sig rätt nära stranden. Där växte vass. Det kunde inte vara särskilt djupt. Närmast land såg pojken att vatten hade stigit upp Det betydde att isen var lite tunnare. Vid sådana ställen tyckte lakarna om att gå till. Men han fick akta sig så han inte blev våt om skorna.

Just vid vassen – en kraftig lake!

I de gråbruna snåren inne på stranden tyckte pojken samtidigt, att ett par gula ögon skymtade. Men det gavs inte tid att titta efter dem. Henning sprang mot laken. Höjde påken för att slå den. Men de hastiga rörelserna fick kroppen i obalans. Henning slant och föll handlöst.

Till pojkens skräck bröts isen under honom sönder med knak och brak. Han sjönk ner i vattnet. Djupet var större än han hade trott. Henning kände hur fötterna nådde något. Det var bara dy, som gav efter. Men högerhanden i sin vante hade fått tag om iskanten. Nu gick det inte neråt längre. I nästa ögonblick brast isen igen, och handen förlorade fästet. Pojken sjönk under och fick en kallsup.

Nu hittade högerhanden ett nytt fäste i iskanten. Isen verkade tjockare. Henning fick nytt hopp. Nu skulle han väl kunna rädda sig. Samtidigt kände han hur vattnets kyla trängde igenom kläderna. Iskallt var det om huvudet också, för han hade ingen mössa längre. Den hade försvunnit. Han måste upp, innan han frös sig stel.

Pojken spottade vattnet ur munnen. Tog ett djupt andetag och försökte med all kraft häva sig upp på isen. Det gick inte.

Han försökte flera gånger. Men isen brast hela tiden. Hans kropp blev svagare för varje gång, och det kalla vattnet brände som sår. Han kände hur tårarna kom ur ögonen. De värmde ett kort ögonblick mot kinderna. Sedan blev de iskalla, också de. Far – kom och hjälp mig! Inte är det väl meningen att jag ska drunkna och dö!

Varför kände pojken sig så svag? Varför hade han inte krafter som Starke Måns, och kunde häva sig upp ur hålet? Varför hade han inte styrketränat mer på Lyftstenen utanför kyrkan - som han visste att ett par av pojkarna i klassen hade gjort?

Måns hade levt för längesedan i Bötera. Han hade varit den starkaste man, som funnits i byn. Och var det nog fortfarande. Henning hade – många gånger – hört historien om, när Starke Måns gick till hamnen i Kalmar för att ta hem en salttunna till byn.

Köpmannens hantlangare bar fram salttunnan till Måns. ”Var har du skutan du ska frakta den i?” frågade köpmannen. ”Eller din häst och vagn? Tunnan väger 80 kilo.”

”Jag har varken häst, vagn eller skuta”, svarade Måns. ”Jag ska bära lasten själv.”

”Hur långt har du hem då?” undrade köpmannen.

”Det är ingenting du ska bry dig i”, sa Måns. ”Men 65 kilometer är det till Bötera, om du nödvändigt ska veta det.” Måns betalade. Han ville att tunnan fick stå kvar, medan han gick i väg och åt middag. Sedan skulle han komma tillbaka efter den.

Köpmannen tyckte Måns verkade högfärdig och ville spela honom ett spratt. Medan Måns var borta, lät han stoppa ett lod järn som extra vikt i salttunnan. Järnklumpen vägde 10 kilo. Nu hade Måns börda en vikt på 90 kilo.

Måns kom tillbaka. Han lyft utan vidare spisning upp tunnan på axlarna och gav sig av. Efter ett par timmar lät köpmannen ett par hantlangare rida efter honom längs vägen, för att se var han hade stupat. Men ryttarna återvände hem och rapporterade till sin arbetsgivare, att de hade sett Måns vandra vid vägkanten med tunnan på ryggen. Utan att ens kröka på den.

När Måns kom till Bötera by och lämnade ifrån sig salttunnan, upptäcktes det att det låg ett lod järn extra i den. Efter en tid fick han bud från köpmannen, som surt krävde järnlodet tillbaka. Men Måns svarade: 'Det som fanns i tunnan är mitt, det behåller jag!'

Efter det fick Måns tillnamnet "Starke". Enligt legenden fanns en stor sten utanför kyrkan i byn. Den vägde 157 kilo. Andra karlar brukade försöka rubba den, när de stod på kyrkbacken och väntade på att högmässan skulle börja. Måns, han brukade bära stenen till ett vägkors i trakten, när ungdomen dansade där. Och ta sig en svängom med den, till fiolens och dragspelets toner.

KAPITEL 2 VARGEN

Idetsamma stod en mörk skugga framför Henning. När pojken tittade upp, blev han kall av rädsla fast han redan var stelfrusen. Att sjunka under vattnet verkade vara enda chansen att undkomma. Men då skulle han ju drunkna.

Framför honom stod en stor varg. Pojken kände igen fienden på de spetsiga uppåtstående öronen och huvudet som var större än en hunds. Pälsen var grå med långsträckta bruna fläckar. Hennes stora ögon vilade ett ögonblick på Henning. I nästa hade hon böjt sig ner och grabbat tag med käftarna i hans tjocka jacka.

Nu blir jag vargmat i stället för fiskmat, tänkte pojken. Han orkade inte kämpa emot. Musklerna spändes i vargens långa framben. Isen brast inte under de stora tassarna, klorna gav henne fäste. Lätt drog vargen honom upp ur vaken, släpade honom på magen in mot strandkanten.

Pojkens ansikte skrapade mot isen. Men han kände det knappt. Han tänkte: Hur långt tänker hon dra, innan hon börjar äta på mig? Han hade hört berättas om att vargen var stark nog att lyfta en bagge eller en människa över en gärsgård, om den ville.

Plötsligt släppte vargen taget om honom. Henning kände att han låg någonstans i snåren. På fast mark, med fruset gräs under sig. Han slöt ögonen och väntade på första hugget från vargen. Men det kom inget.

Efter fem sekunder tittade han upp. Vargen stod fem meter från honom, inne i skogen. Hon hade vänt på huvudet. Betraktade honom med sina stora gulgrå ögon. Innan pojken hann bli rädd igen, svepte hon till med sin yviga svans och försvann med långa kliv.

Henning låg kvar ytterligare en stund. Han frös så han skakade. Vargen kom inte tillbaka. Han reste sig upp och skyndade sig hemåt.

Där han sprang begrep pojken, att vargen vänt sig och tittat på honom för att försäkra sig om att han var vid liv. Först sedan hon förstått det, hade hon gett sig av. Värmen kom tillbaka i hans kropp. Han var oskadd. Vargen hade räddat, inte bitit ihjäl honom. Varför? När vintern kom, var vargarna alltid extra hungriga och rovgiriga, visste han.

Henning beslöt sig för att inte berätta för någon, vad som hänt. Ingen skulle tro honom, i alla fall. Bara gräla.

I stället för att gå till boningshuset och möta sin mammas frågor, smet han in i fähusen. Där hade han ett par gamla smutsiga byxor och dito skjorta. Dem brukade han ta på sig när han hjälpte till att mocka dynga eller rykta hästarna. Han bytte raskt kläder, och kröp ner mellan ett par liggande kalvar i ett bås för att bli varm.

Efter en stund somnade han. Han drömde om en stor varginna. I stället för att bita honom lät hon sin varma tunga svepa över honom.

Han väcktes av sin far Magnus oroliga röst: Attans, pojke. Ligger du här? Vi skulle just ut och leta efter dig. Var har du laken??

Tre byar delade på fröken Gertrud. En av dem var Bötera. Fröken Gertrud åkte mellan och höll skola för barnen. De mindre barnen, vill säga. De större barnen hade inte mycket tid för sådant. De måste i stället hjälpa sina föräldrar på gården. Henning, som var elva, tillhörde de största i skolan. Eller äldsta, om man så vill.

Fröken Gertrud, hon var smal som en sticka. Alltid klädd i grå kjol och grå kofta och med grått hår. Men hon var inte grå för det. Hon var ganska färgstark. Hon kunde vara rätt så argsint. Smälla med pekpinne eller linjal. Hon ville inte veta av något stoj i klassrummet. Barnen gillade henne. Både för att hon lärde dem mycket och för att hon lyssnade på dem, när de själva hade något att säga

Ett par-tre gånger i veckan kom hon till Bötera. Det fanns ett litet skolhus i närheten av kyrkan. Rödmålat var det, och med stora fönster så att barnen skulle kunna se att läsa och skriva. Stundtals om sommaren var det så varmt att alla fönstren måste stå öppna. På vintern kunde det bli desto kallare därinne. Trots att en kamin brann, måste barnen sitta med tröjor, mössor och vantar på sig.

Ibland, som den här gången, hade fröken Gertrud kunnat komma först till kvällen. Det blev svårt att läsa och skriva då. För det fanns inga lampor utan bara några talgljus. Och när det var kväll var barnen också tröttare. De blev var stökiga.

"Bråka inte, barn!" ropade fröken Gertrud. Och viftade med pekpinnen.

"Stampa med skon i golvet, fröken!" ropade Anna. "Gör det!"

Alla barnen fnissade, för de visste vad Anna menade. Innan fröken Gertrud kom hade de haft magister Frans. Honom hade de tyckt mycket om. Han var en liten man, med armar som räckte nästan ända ner till golvet. Magister Frans slogs aldrig med varken linjal eller pekpinne. Han hade alltid svart kostym på sig i skolan, och träskor. "Träsko-lärarn" hade de kallat honom. Alltid populär hos barnen, för han tjatade aldrig om att de måste kunna läxorna ordentligt. I stället var det viktigt för magister Frans, att de lärde sig artighet mot äldre. Flickorna skulle alltid niga och pojkarna bocka, när de mötte en äldre person. Ibland hämtade magistern sin fru, för att de skulle öva sig på henne.

Men ibland tyckte väl magister Frans själv att han var för snäll, och att barnen var lata och odygdiga. Han sparkade hårt flera gånger i golvet med sin träsko. Han sa inget. Men då visste barnen, att de måste skärpa sig.

Så – det var magister Frans som Anna syftade på, när hon sa åt fröken Gertrud att stampa med träskon. Och åt minnet skrattade alla barnen.

"Vet ni", sa fröken Gertrud, "att det en gång fanns ett par gossebarn av kunglig börd som hette Romulus och Remus? Deras mamma satte dem i ett tråg och sköt ut det i en flod, för att de skulle drunkna. Det var i Italien."

"Tyckte mamman inte om pojkarna? Hade de varit olydiga?" frågade Anna.

"Nej. Det var äldre farbror till dem som inte ville att de skulle växa upp och bli kungar. För han ville själv vara kung", sa fröken Gertrud. "Hur som helst med den saken. Romulus och Remus sjönk inte utan tråget drev i land. Vid strandkanten upptäcktes de av en varginna. Hon gav dem di. Romulus och Remus överlevde. Småningom grundade man staden Rom där de hade hittats."

Fröken Gertrud tittade bort mot Emil.

”Vad säger du? Visst var det bra att Romulus och Remulus inte blev uppätna av krokodiler på floden?”

Emil ställde sig upp vid bänken. Det visste han att man skulle göra, när fröken frågade en om något. Men han hade inget svar. Han stod där tyst, rev sig lite i sitt okammade hår som han brukade. Tittade i golvet. Nej, Emil hade inga svar. Han var den som räknade och läste sämst i klassen.

En del av de andra barnen brukade skratta åt honom när han försökte stava. Särskilt Ulla-Britt. Hon pekade finger åt hans matsäck, också. De andra barnen hade goda smörgåsar med sig som mat för rasten. Ofta med smör eller en bit fläsk på. Kanske hallonsaft i en flaska också. Men Emils mamma skickade bara en enkel bit bröd med Emil. Och sur getmjölk till. ”Hur kan du äta det där, Emil?” ropade Ulla-Britt. ”Ge det åt grisarna!” Emil var det enda av barnen i skolan som inte hade någon pappa. Pappan var död. Mamman måste ofta få hjälp av fattigvården.

”Emil kan inte slåss. Och i huvet har han bara sågspån”, sa en av pojkarna föraktfullt.

Fröken svarade:

”Emil tycks i alla fall tänka mycket mer än ni andra. Han vet nog att det inte finns några krokodiler i Italien. Vänta bara tills han sätter i gång och pratar. Och det är bara bra att han inte är som du, Rudolf. Som slåss och bråkar jämt!”

”Vargar är inte alls snälla!” utbrast Ulla-Britt. ”De är elaka. Det har min far sagt.”

Pojken Bror i grå vadmalsjacka i bänken bredvid nickade.

”De biter ihjäl får och grisar. Min far säger, att alla vargar ska skjutas.”

”Det räcker inte med att skjuta dem”, sa Ulla-Britt. Hennes ansikte var rött och munnen vriden till en hätsk grimas. ”Om man fångar en varg, ska den plågas till döds. För att den själv är så grym!”

”Vargen är ett djur”, sa fröken. ”Ett djur lever efter sin natur. Det är varken snällt eller grymt.”

Henning satt tyst. Skulle han berätta för klassen om varginnan som hade räddat honom? Kunde de tro honom? Eller peka finger i stället – och inte låta honom vara med och leka på rasterna?

”Vargen är visst grym”, sa en flicka som hette Ingrid, med rött hårband. Hon var liten också. Man kunde förstå att hon kände sig som en munsbit för en varg. Hon ropade: ”Den ger sig på små barn också, som är ensamma ute. Släpar in dem i skogen! De har vargen gjort både i Värmland och Västergötland. Helst av allt vill han ha havande kvinnor. För då kan han äta både mamman och det ofödda barnet!”

”Det där är vi inte säkra på”, sa fröken Gertrud. ”Det är bara sånt som folk berättar. Vad vi vet är, att vargen helst lever ute i skogen. Den vill helst inte ha med människor att göra. Den jagar rävar, bävrar, harar, skogs- och sjöfåglar. Och rådjur. Kanske någon älg också. Om älgen är skadad eller sjuk så att den inte kan klara sig.”

Karl skakade ivrigt på huvudet. Han viftade med handen.

”Fröken! Min morbror Olof Erlandson... han har sitt torp i Bråraryds socken. För två veckor sedan tog sig en vargflock in i hans fähus. De bet ihjäl en ko, tre får och ett lamm. Alla djur som fanns! Vi fick brev om'et i går.”

”Så förskräckligt!” sa fröken. ”Ja jag har hört att det finns vargar norr om Kalmar. ”

”De åt ingenting annat än lammet”, fortsatte Karl. ”De andra blev bara ihjälrivna och lämnade. Varför gör vargarna så?”

Anna viftade:

”Fröken sa att de tar harar och rådjur. Och... Men i så fall skulle de väl lämna djuren i fähusen i fred?”

Karl tittade under lugg på fröken och sa dystert:

”Nu måste morbror Olof och hans familj gå till fattigvården. Annars svälter de ihjäl.”

Ulla-Britt ställde sig upp i bänken.

”Där ser fröken! Vargen är Den Onde själv!”

”Tåla dig, Ulla-Britt! Och skrik inte åt din fröken.” Lärarinnan smällde med pekpinnen i katedern. Vad kan en lärarinna göra? tänkte hon. Det finns så mycket man skulle behöva slå i dem. För mycket. Man får nöja sig med att försöka ge dem något att fundera på. Hon tittade ut över klassen. ”Är det någon som har något mer att säga om vargen?”

Henning beslöt att hålla tyst med vad han hade varit med om. Men – en dag skulle han berätta för dem.

”Då tar vi rast”, sa fröken. ”Nästa timme ska vi öva katekesen.”

Nu kom Emil fram till Henning igen. Han tittade på kamraten. Sa sedan med så låg röst, att den nästan inte hördes.

”Ska du ...ut i skogen igen, snart, Henning?”

”Ja det ska jag väl.”

”Kan jag inte få... följa med?”

”Det går inte. Jag klättrar i raviner och hoppar på stenar över bäckarna. Du klarar inte det, Emil.”

Den andre pojken sa ingenting. Han vände sig bara om och gick.

KAPITEL 4 ÄLGTJUREN

Älgtjuren var ståtlig, med en 10-taggars hornkrona. Ett så stort djur att det lovade många skrovmål åt en vargflock som var uthungrad.

Uthungrad var just vad Attilas flock var. I flera dagar hade alla stora byten varit som uppslukade av jorden. De hade inte sett en enda skogsfågel, än mindre rådjur eller någon räv. Det enda vargflocken fått i sig var en eller annan skogsmus. Men en mus är inte mycket för en varg. Hans normala portion är tre kilo kött om dagen. Om det bjuds, kan han äta det fyrdubbla.

Om de var så hungriga, varför hade ledarinnan inte bitit Henning och låtit flocken äta upp honom? Det kunde hon likaväl ha gjort.

Det var inte för att pojken sett kall, blöt och oaptitlig ut. Nej anledningen var nog mest att Attila hyste stor respekt för människor. Hon ville leva i fred med dem, om det gick. Att rädda ett barn var att visa god vilja mot "dem som sköt med gevär". Det var ren självbevarelsedrift. Attila kände instinktivt att om vargflocken skadade människor, skulle människorna skada dem. Genom gevärsskottet som träffade hennes ben, visste hon hur farliga de kunde vara.

Dessutom var där också något annat. Hon hade uppfattat pojken som en unge. Hon hade själv inte haft avkomma, på flera år. Kanske greps Attila för ett ögonblick av moderskänslor. När hon såg den lille pojken kämpa i vaken, hade hon velat ta hand om honom.

Men nu var vargflocken ännu hungrigare. De behövde mat, mycket mat. Attila hade fått upp vittringen på älgtjuren. Flocken hade närmat sig älgtjuren mot vinden, så han inte skulle få upp vittringen på dem. Attila hade hade smugit nära och studerat älgen noga, för att upptäcka hans svagheter. Så noggrant lade hon upp sin jakt. Tog tid på sig för att avgöra om bytet var lämpligt eller inte.

...

Älgtjuren hade råkat ut för nästan detsamma som Henning. Älgen hade gått genom svagisen. Han hade lyckats ta sig upp själv. Men skadat benet. Inte svårt – men tillräckligt mycket för att ha svårt att springa ordentligt.

När Attila spanat på älgtjuren, hade hon upptäckt skadan. Den var avgörande. En frisk stor älg var ett för svårt byte. Inte nog med att den hade förmåga att slåss med horn och klövar. Om den ville, kunde den springa fort och länge. En älgtjur lät sig inte fällas så lätt.

Om älgen hade tappat förmågan att fly undan, borde vargarna kunna fälla honom. När de anföll skulle älgen bli rädd och försöka undkomma, tänkte Attila. Och då kunde de hinna fatt honom. Bita honom i bakbenen, utom räckhåll för de farliga hornen. Han borde snart falla.

Ett gläfsande ljud hördes från Attila. Det var ett tecken, ett kommando. De vuxna vargarna i hennes flock formerade sig i solfjädersform och närmade sig snabbt älgen.

Tidigt på morgonen var det. Fortfarande mörkt och kallt. Men vargarna frös inte. Deras dubbla päls höll dem varma. Andra djurs vaksamhet var låg; de var sömniga. För vargarna var det här bästa tiden på dygnet.

Nu skulle älgen vända sig om och springa i skräck nerför sluttningen. Och vargarna hinna i fatt och kasta sig över honom bakifrån.

Det var bara det att – den här älgen vägrade fly. I stället backade han in i det tjocka gransnåret bakom sig. Bara huvudet med hornen och frambenen syntes.

14

Det var inte enbart mod. Älgtjuren hade helt enkelt ingen lust att springa. Det gjorde för ont i benet. I stället stannade han och mötte vargarna. Öga mot öga.

Det räddade hans liv. För nu blev det svårt för vargflocken att komma åt honom. Baktill skyddades han av det täta granriset med de stickiga barren. Framifrån mötte han vargarna med sin hornkrona och hårda klövar. En av de unga varghannarna blev riven i skinnet av en tagg i kronan så att blodet rann. En av honorna fick en hård klöv över nosen och sprang gnällande undan. Attila själv försökte smyga under grangrenarna och komma åt älgens bakben. Men det gick inte att tränga sig fram.

Länge stod vargarna kvar runt älgen, spände ögonen i honom och vaktade. I hopp om att han till sist skulle bli rädd och springa ut ur snåret. Men älgtjuren höll sig envist kvar. Det var nästan så att man kunde se en belåten glimt i ögonvrån på honom: "Kom an! Mig lurar ni inte!" Och till sist måste Attila gläfsa sitt kommando:

"Vi ger oss av!"

Vargflocken lomade i väg, med oförrättat ärende. Det var inget gott betyg för Attila, i flockens ögon. Inget byte. Gjorde hon flera misstag som det här, kunde någon av de unga hannarna stiga fram och utmana henne. Kräva att bli flockens ledare i stället.

KAPITEL 5 *VITTRINGEN AV TAMDJUR*

Som om en magnet dragit henne, hade Attila närmat sig byn. Flocken hade drivit runt över den stora myren norr om byn i flera dagar. Men rörelserna var svaga och håglösa. Helst ville flocken ligga still under någon gran. De sov mycket, särskilt honorna och de mindre. De la sig bara ner, gnällde lite, gömde huvudet mellan bakbenen. Attila visste vad det var. Hon hade sett det i deras ögon. Hungern. Uthålligheten som ebbade ut. Och – förebråelsen mot henne själv, ledarinnan, som inte kunde skaffa mat åt dem.

Det fanns en lukt i luften här norr om byn. Den var svag men ändå tydlig. Som en kittling, i Attilas nos. Hon trodde att andra i flocken nog kände något också. Men de hade inte erfarenhet nog att veta vad det var.

I några dagar hade de från flera håll känt vittringen av tamdjur. Men vargflocken hade inte brytt sig om den. För den var blandad med lukten av människa. Fastän flera i Attilas flock inte ens hade sett en människa, fanns motviljan mot den doften nedärvd i dem. De andra i flocken visste inte vad lukten innebar. Ändå fruktade de den.

Attila oroades också av vittringen av människa. Och till skillnad från de andra visste hon. Attila hade inte bara sett människor, hon hade blivit skadad av deras vapen. Varginnan hade erfarenhet av att närheten till människa innebar fara. Risk för medlemmar av hennes flock att bli dödade.

Ändå hade hon bestämt sig nu. De måste ge sig in i människans revir. Annars skulle flocken svälta ihjäl. Först de små ungarna. De var redan nu påtagligt orkeslösa. Sedan de vuxna djuren.

Till beslutet hade bidragit den doft som Attila känt starkast. Av gris. Frän och lockande. Den var omöjlig att ta fel på, fast vargflocken ännu var flera kilometer ifrån. Varginnan visste inte om det bara var en gris, eller möjligen två. Det spelade ingen roll. Om de kunde få med sig en, skulle den räcka för att stilla hela flockens hunger. Attila var också säker på, att flera andra djur också fanns där vid gården. Hon visste att deras byte – tamdjuren – hölls i särskilda låga hus eller skjul. De låg en bit ifrån de byggnader där människorna själva bodde. Om flocken hade tur, skulle de inte behöva ha någon kontakt med folk.

Djurens skjul – fähus och stall – var långtifrån så stadigt byggda som människornas egna hus. I djurens visten fanns stora springor i väggarna. De var oftast tätade med lösa grenar eller ris. Ofta fanns hål i taken. Dörren eller grinden var ibland bara tillsluten med en lutad käpp eller en sten på marken. Det var för att göra det enkelt för folk att ta sig in där, även när det var mörkt. För att se till djuren, vattna och utfodra dem. Dessutom var djuren innanför instängda i var och en sin kätte eller fålla.

I flera dagar hade Attila hållits tillbaka av sin försiktighet. Det fanns en stark motvilja hos henne att ge sig på det hon visste tillhörde människan. Men nu var hungerns så svår att den hade tagit överhanden. Flocken måste få mat!

...

KAPITEL 6 HENNINGS LÄNGTAN

Henning tittade mot häcken av täta granar. Den stod vakt mot vildmarken, i utkanten av den stora gårdsplanen utanför Fridolins hus. Häcken var som en ridå mellan gårdsplanens ljusa yta och den mörka skogen. En gräns.

Egentligen såg Henning den inte. Han såg bortom. På andra sidan någonstans fanns vargflocken. Och varginnan.

Henning tänkte mycket på henne. För sig själv hade han till och med gett henne ett namn. Attila.

Han visste inte vad namnet betydde. Kanske hade fröken Gertrud någon gång talat om en Attila, fast Henning hade glömt det. Kung över folket hunnerna var han, för länge länge sedan. En vild och farlig erövrare, som kallades Guds gissel. Där fanns också Atle, titanen. Kanske hade läraren talat om honom också. En jätte i den grekiska mytologin. Han hade försökt trotsa gudarna. Som straff dömdes han att för alltid hålla himlavalvet lyft på sina skuldror.

Hennings namn på varginnan hade bara kommit. Attila. Han tyckte om det.

Nu pratade alla i trakten om vargarnas grymma slakt häromnatten på djuren i torparen Perssons fähus. Även barnen i Hennings skola gjorde det. Flickorna hade ritat upp en hage som kallades Fula vargen, där de låtsades hoppa och stampa på varghuvuden. Pojkarna lekte jakt och vem som kunde sticka ett spjut i "gråben", så att han stupade. Några pojkar fick spela vargar och falla ihop och dö. Henning deltog inte.

Lisa stirrade på honom. "Varför är du inte med i leken, Henning? Alla ska hata den grymma vargen!"

Därhemma sa Lovisa, Hennings mor, sa till honom:

"Nu går du inte bortåt sjön på ett tag. Jag vill inte ha min pojk vargtagen!"

Lovisa höll upp en stund med sina sysslor en stund och berättade vad som hade skett. För inte så länge sedan, i en by i Småland. En liten flicka skulle gå över gårdsplanen en vinterkväll, till sin mor som arbetade i en bod på andra sidan. För att lysa sig hade flickan fått en tänd tjärsticka att hålla i.

Inifrån boden hörde flickans mor plötsligt, hur flickan skrek hjärtskärande. När mamman tittade ut, såg hon hur en varg tagit flickan och sprang i väg med henne. Ner mot sjön vid huset, ut på isen. Flickan hade inte släppt taget om lysblosset. Så hennes mor kunde länge följa ljuset från den lilla flickan, innan det slutligen försvann. Flickan påträffades aldrig igen.

Henning kunde inte berätta för sin mor vad han upplevt med Attila. Lika lite som han kunde det för sin far. Föräldrarna skulle bara säga, att han drömt alltihop.

Och – alla de andra hade ju rätt. Vargar var farliga. Överfallet på Perssons djur visade det. Vargarna hade slagit fler djur än de kunde äta, i ren blodtörst. Så var det ju.

Ändå kunde inte Henning känna på det sättet. Var det något fel på honom? Alla andra hatade vargen, både vuxna och barn. Vargarna vid Perssons hade varit grymma och illvilliga. Människorna måste hämnas genom att döda dem. Allrahelst döda varginnan, Attila. Hade inte torpar Persson och hans barn berättat om, hur det hade glött av ondska i hennes ögon? Och käftarnas långa hemska tänder.

Men – det var samma tänder som lyft Henning ur vaken och räddat honom från att drunkna!

Kunde det inte vara så att ingen ondska egentligen fanns i vargarna – fast människan inte förstod det? Var vargarna i stället i själva verket vänliga djur?

Nej. Det kunde inte ens Henning tro på. Vargarna var vilddjur. Rovdjur. De dödade.

Henning kände att han skulle vilja träffa Attila igen. Se henne. Kanske till och med försöka tala med henne.

Längtansfullt blickade bort över granhäcken. In i den stora skogen bakom.

Nu skymtade vargarna fähuset framför sig. Det var tidig gryning och svagt ljus. Men vargarna hade inga problem att ta sig fram. Attila sprang först men de andra var tätt bakom henne. Ju närmare de kom, desto mer kändes lukten av tamdjuren därinne. Nu var de bara några meter från den långa låga byggnaden. Den var timrad av stockar i olika storlekar. Mellanrummen var tätade med kvistar och mossa.

Människor skulle inte ha mått bra därinne. Det var för kallt och dragigt. Men husdjuren gjorde det. De var vana vid hård väderlek. De var nöjda nu med att ha skyl för blåst och snö. Värmen som behövdes fanns under deras egna varma skinn.

Runt fähuset fanns en enkel gärdsgård. Den beredde inte vargarna några svårigheter. De hoppade helt enkelt över. Starka dofter från djuren innanför fick deras kroppar att skälva och tänderna blottas av iver. Rovdjuren sprang ett varv runt längan och nosade. De kände instinktivt att här ville de ta sig in.

Trots att de rörde sig nästan ljudlöst, hade de blivit upptäckta. Inte av människorna i boningshuset. De sov. Bandhunden i sin koja sov också. Nej, det var husdjuren själva inne i fähuset, som känt vittringen. Tamdjuren flyttade oroligt på sig.

Precis som vid älgjakten tidigare, spred sig vargarna. Inte för att hitta ett bra anfallsläge den här gången. Utan för att söka en öppning in.

En bräda med fotfästen ledde upp på taket. Lutningen var brant. Men en ung varghanne sprang lätt uppför den. Nära ryggåsen fanns en springa genom mossan och nävern, som täckte taket. Där regnade det och snöade in. Det brukade inte göra den gamla hästen, som stod under, så mycket. Däremot blev han skrämd halvt från vettet nu, när han såg vargens ögon glöda i springan ovanför sig. Hästen gav till en gäll gnäggning. Han bände med kroppen mot sin spiltas vägg.

Men nävern i taket var motståndskraftig. Trots att vargen krafsade hårt med framtassarna, kunde han inte vidga springan.

En av varghonorna tog sig upp på dynghögen vid bakväggen. Där satt ett litet fyrkantigt fönster. Där fanns inget glas, utan hålet var täckt med ett lager oljat papper. Det var vitt för att släppa in lite ljus. Vargen stötte med sin tass mot papperet, som sprack.

Med tänder och nos bearbetade varginnan spröjsarna i fönstret. Om de lossnade, kunde öppningen bli stor nog att släppa genom henne. Träet bågnade och skulle snart brista.

Honfåret, tackan, därinnanför bräkte förtvivlat, och hennes lamm hoppade runt i kätten. Nu hade grisarna slutat grymta. De pep i stället. Hästen fick in en dånande bakutspark i spiltaväggen.

En annan av vargarna ställde sig på bakbenen vid ett fönster och tittade in. Han såg djuren därinne, och de såg honom. Men fönstret var täckt med ett galler av vassa törnkvistar. Han kunde inte komma in.

I stället var det Attila, som hittade vägen. Det fanns en stadig dörr in i fähuset. Men den var tillstängd bara med en lutad käpp. Attila stirrade stint på den. Hon anade att där fanns hemligheten Bakom henne väntade respektfullt två av ungvargarna. Plötsligt tog Attila ett språng mot käppen. Den slog mot henne skuldra – men välte. När dörren blev fri, gled den upp av egen kraft.

De två ungvargarna störtade sig förbi Attila. Inom några sekunder var hela flocken inne i fähuset och kastade sig över djuren därinne. Om Attila hade haft någon tanke på att de bara skulle döda och ta med sig en gris till föda, kom den på skam. De andra vargarna hade blivit rusiga av blodtörst. De var inte grymma, de ville bara döda så mycket de kunde. Medan Attila slog den ena av grisarna och stillade sin hunger med ett stycke av dess kött, rusade de andra vargarna runt. De dödade den andra grisen, drack lite av blodet. Men sedan glömde de den, för att kasta sig över tackan och bita strupen av henne.

Nu var det bara den gamla hästen kvar. Den skulle också bitas ihjäl. Tre vargar hoppade in i spiltan för att släcka sin blodtörst på den. Hästen skriade så det nästan slog lock i öronen på vargarna. Med hjälp av en del förslagenhet och lite tur fick hästen in en hård spark med bakhovarna på en av de unga hannarna. Med knapp nöd kom vargen ur spiltan innan den blev nertrampad. När de andra såg det, lämnade de hästen i fred.

Av allt oväsendet – särskilt hästens skriande – hade husfolket vaknat. I nattkläder kom torparfamiljen springande, med skrik och rop. Beväpnad med allt från spjut till brödkavlar och sopborstar.

Vargarna flydde så fort de kunde, in i mörkret. En blev upptäckt. Det var den stora varghonan i sin grå päls med de bruna fläckarna, Attila själv. För hon var den enda som bar på något. Varginnan höll lammet mellan tänderna.

Torparen följde efter henne. Han skrek okvädinsord och försökte sticka henne med spjutet. Attila vek undan och lyckades undkomma. Fortfarande med lammet i munnen. I hennes huvud fanns vetskapen, att ungarna som väntade måste ha mat.

I dörren till fähuset stod torparfrun med tårarna rinnande.

"Mitt lamm ... mitt lilla lamm...!"

Sedan hon hade sett till att vargungarna fått det som återstod av lammet, tvättade Attila nosen och tassarna. Hon gjorde det i en bäck, som rann trots kylan.

Hon visste inte varför. Men instinkten sa henne att jakten inte hade varit lyckad.

Attila tog kommandot över flocken igen. Ledde den en stund runt i cirklar, och flera gånger över bäcken. Det var en list, för att villa bort spåren för eventuella förföljare.

KAPITEL 8 JAKTMÖTET

Magnus Fridolin var Hennings far. Han var en kraftig karl, skäggig på kinderna och nästan alltid med en svart slokhatt på huvudet. Sträng när det skulle så vara. Men med goda, kloka ögon. Han var byrådets ordförande, och byns jaktledare. Han hade kallat rådet till möte i salen i sitt hus. För att prata om vad som borde göras åt vargarna som överfallit Perssons.

Henning var inte inbjuden. Men han hade gömt sig på loftet ovanför salen. Där fanns ett stort kvisthål i en planka i golvet. Man kunde båda se och höra vad som försiggick i salen. Åtminstone om det inte var för långt utåt kanterna. Och var han alldeles tyst, var det ingen risk för upptäckt.

Pojken spanade ner på sin far, som satt där i sin bruna stora skinnväst, med en liten klubba bredvid sig på bordsskivan. Klubban var av trä, med silverbeslag. Magnus Fridolin slog med den i bordet, när han tyckte att rådsmedlemmarna pratade i munnen på varandra. Låt vargarna vara, far! tänkte Henning. Men han var rädd för att det inte skulle bli så.

För sedan i höstas fanns de två nya varggårdarna, eller vargfällorna.

Det hade tagit lång tid innan byn bestämt sig för att bygga dem. Förslaget hade röstats ner flera gånger. ”Så länge vargar icke synas eller göra skada, så vore varggårdar onyttiga”, hade det skrivits i rådets bok.

Fällorna hade kostat i arbete och pengar. Dels att sätta upp de stängsel som ledde in mot gårdarna och omgav dem. De var både långa och höga. Dels gräva och stenlägga de djupa gropar, där vargarna skulle falla ner och möta sitt slutgiltiga öde.

Nu var förstås ett bra tillfälle att använda varggårdarna. Men det hördes fortfarande invändningar om jakten. Inte bara om den skulle bli av. Utan också hur den skulle bedrivas. Byrådets medlemmar diskuterade fram och tillbaka.

En bonde, Molin, var känd för att vara mycket sparsam. Han sa:

"Ett stort vargdrev kostar mycket. Mina drängar måste lämna arbetet på gården och i skogen. Kanske i flera dagar. Matsäck ska de ha också."

En annan, Einarsson, hade blivit tjock och ovig i kroppen. Han ville röra sig så litet som möjligt. Inte springa efter odjuren utan i stället sitta på pass, i sin stora päls med geväret i knäna. Det skulle vara på ett ställe där sikten var bra. Och där vargarna säkert passerade.

"Kan vi fånga och avliva någon varg, vore det mödan värt", sa Hennings far. "Hur många är det som har gevär, krut och kulor?"

Det visade sig att det inte var så många. Men spjut fanns det gott om.

Någon påminde om, att det kunde räcka med att slå vargen hårt över ryggen med en påk. Så var den halvdöd.

En rådsmedlem, den vassnäste baron Tall von Syd, trodde inte att vargflocken var kvar längre. Han sa att han hade hört att den siktats på greve Lamberheids marker, neråt Kalmar till. Det var lika bra att låta den socknens jägare ta hand om den.

"Om det har jag en annan mening", sa bonden Skog. Han var klädd i så stora vadmalsbyxor att de hängde som segel ut över stövlarna. "Min son Fredrik och två drängar var på rådjursjakt norr om byn i går. De såg vargflocken. De kan svära på det. Till och med urskilja varginnan, hon som leder dem. Vi har ju hört av Persson hur hon ser ut."

"Och vad ska vi ha för lockbeten?" frågade Fridolin.

Torparen Nuttunen var känd som en duktig skytt och jägare. Han sa:

"Jag har hört från Närke att de numera sätter ut får i fällorna. Får lockar varg bäst."

"Grisar", sa en annan rådsmedlem.

Två som mött upp var prästen, i sin svarta långrock, och den lille klockaren Johnson. Kyrkan ville vara med även när det gällde vargjakt. Prästen ogillade att levande djur användes som lockbeten.

"Det är obarmhärtigt mot dessa Guds skapade varelser", sa han med sin klangfulla röst. "Lägg ut döda djur i stället. De luktar skarpare också."

Klockaren var pappa till Hennings skolkamrat Ulla-Britt. Hon som avskydde vargen så mycket. Nu hörde man att det som varit i Ulla-Britts påse först hade varit i säck hos fadern. För klockaren uttryckte sitt starka hat mot "den skamlösa besten". Vargflocken måste dödas eller jagas ut ur socknen.

Även prästen, som hette Kreutz, använde hårda ord. Varginnan var djävulens bandhund och ondskefulla redskap. Prästen sa att han skulle be för att hon föll för välriktad kula.

Henning fick hålla emot för att inte ropa genom kvisthålet: Det är inte så! Jag har träffat henne men inte ni. Varginnan är inte ond!

Distriktets läkare, Hall, hade varit på sjukbesök i byn. Efteråt satt sig med vid rådsmötet. Doktorn var alltid välkommen. Folk hade stor respekt för honom. Han var den enda som gick klädd i svart kostym på vardagarna. Den var randig. Fickur hade han också, en rund guldrova. Det tog doktor Hall alltid fram när han skulle räkna någons pulsslag.

"Jag kör mycket med häst och vagn genom skogarna", förklarade han. "Ensam på kuskbocken. Ingen varg har någonsin angripit mig eller min häst. Däremot har jag fått ta hand om åtskilligt med folk, som blivit vådaskjutna eller brutit armar och ben under jakterna."

"Betyder det", frågade Fridolin, "att doktorn är mot att vi försvarar oss mot bestarna?"

"Vargen skulle inte ha funnits", sa läkaren, "om den inte hade behövts i naturen. Och det finns ingen anledning att hysa fruktan för den."

"Vad menar doktorn?" sa prästen. "Varginnan är ett djävulens redskap. Som lömskt smyger sig in och river vår boskap! Ska inte hon och hennes avföda jagas och förgöras!?"

"Varför bygger ni inte bättre lagårdar och kreaturshägn i stället?" sa doktor Hall. "Som stänger ute vargen!"

Det blev tyst ett slag. Somliga begrundade doktorns ord, andra blev upprörda. Man kunde inte bygga säkert för kreatur.

Anders Andersson var varken bonde eller dräng. Han bodde i byn men ändå inte. Fiskhandlare var han, åkte nästan alltid omkring. Ofta ända ner till kusten. Han sålde salt sill men även färskvara. Han passade egentligen inte inomhus, för han stank för mycket.

"En försöker leva i fred med alla djur. Utom – ", log han godmodigt, "fisken förstås." Han la till: "Jag ställer upp som drevkarl, självklart. Om ni behöver mig. Jag har ett gammalt vargjaktsnät också, efter min far. Kan vi använda det?"

Den sortens jakt hade gått så till, att vargen med rop och oväsen skrämdes att springa mot ett nät som hängts upp i skogen. Om den fastnade blev den dödad. Av folk beväpnade med yxor, klubbar och pikar. Men det lyckades sällan. Vargen undkom oftast.

"Nej", sa Fridolin. "Om vi ska jaga vargen, blir det på nyare sätt. Men vi är glada om du kommer med i skallaget."

Skall-laget, eller "skallet", var detsamma som drevet eller drevkarlarna.

Vargdrev var inget nytt för byn. Sådana hade man ordnat förut, senast sju år tidigare. Men den här gången kunde man räkna med att jakten skulle behöva extra mycket folk. För Attilas vargflock var ovanligt farlig och ondskefull.

Förberedelserna bestod för det första i att gillra de stora fällorna, varggroparna. För det andra att organisera drevet.

Ett drev var den kedja av män som med lock, pock och olika sorters hjälpmedel skulle se till att driva och tvinga vargarna i riktning mot fällan – och slutligen in i den.

För den uppgiften var de så kallade jaktlapparna viktiga hjälpmedel. De var kvadratmeterstora ljusa tygstycken. De var fästade på en ram och ofta påmålade med skräckfigurer. Jaktlapparna hängdes på långa linor. De skulle skrämma och styra vargarna i rätt riktning. Och när rovdjuren hade lurats in i varggårdarna, användes strecket av jaktlappar som en "grind". Den hindrade vargarna att vända och fly. Tills man i stället hängt upp stora höga nät och fullständigt stängt alla utvägar.

Från början var drevkarlarna i skogen inte många, och de var vitt spridda. De arbetade försiktigt, utan att göra stort väsen av sig. Det gällde att få vargarna att röra sig i en viss riktning. Inte oroa dem så mycket att de rusade i väg åt alla håll.

Efterhand blev drevkarlarna blev fler och fler. Jaktlappar dök upp i långa rader. Drevet var inte tyst längre utan bullrade med trummor och grytor. Hotet mot vargarna blev starkare.

Den drabbade torparen Persson satt med på rådsmötet. Han var ganska tystlåten. Kanske led han ännu av chocken efter förlusten av sina husdjur. Några klappade honom på ryggen, i medkänsla.

Torparen Nuttunen frågade honom:

"Hur har det gått för hästkraken?"

Persson skakade på huvudet.

"Illa riven. Gammal är han också, 14 år. Får svårt att klara sig."

Nuttunen slog med knytnäven mot sin andra hand. Han såg arg och beslutsam ut.

"Jag röstar för ett stort drev. Fortast möjligt", sa han. "Vi måste försöka ta vargarna, innan de ger sig av från trakten. Och – om det i alla fall är slut med din häst, Persson, kan vi sätta den som lockbete vid fällorna."

Så blev det också beslutat.

"Vi ska båda ihop skyttar och drevkarlar", sa Hennings far. "Påminn allt manfolk ni talar med att de är skyldiga att delta. Annars blir det böter. Alla måste vara med utom –" hans blick gled över till ett högrött ansikte i församlingen – "klockaren" .

"Ja. Jag är befriad i lag", svarade Ulla-Britts far stolt. "Men jag låter kyrkklockorna ljuda inför jaktstarten. Det ska ringas också när jag får bud om, att något av dessa ondskans kreatur har bitit i gräset!"

Nuttunen vände sig mot Fridolin. "Utgår det någon belöning till den spanare som spårar…?"

Hennings far nickade. "En blank silverriksdaler till den förste, som hittar varginnan och kan säga var flocken finns. Vi sätter i gång med förberedelserna genast."

Efter två dagar kunde Nuttunen rapportera till jaktledaren och kvittera ut sin riksdaler i spaningspeng. Den skicklige spåraren och jägaren hade upptäckt vargflocken i en bäckravin bara tre kilometer från byn. Han kände igen ledarinnan på beskrivningen av hennes grå päls med stora bruna fläckar över bogen.

Redan samma dag sände Hennings far ut fem män i skogen norr om vargarna. Deras uppgift var att vara de första drevkarlarna. Låta varginnan känna vittringen av dem. Använda alla knep för att försiktigt driva flocken söderut, i riktning mot vargfällorna.

KAPITEL 9 DREVET

Trots sin slughet hade Attila låtit vargflocken begå en dumhet i Perssons fähus. De hade gett efter för blodtörst och rivit flera djur än de behövde. Vargarna hade bara ätit av ett, lammet som Attila tagit med sig. Resultatet var att byborna fått vatten på sin kvarn: Vargar var onda och grymma. Det enda de förtjänade var förföljelse och en kvalfull död.

Nästan ännu värre var att lammet inte alls hade räckt att mätta alla, både de vuxna djuren och vargungarna. Det skulle mycket snart behövas mer mat. Flocken var tvungen att göra ett nytt angrepp mot människornas husdjur någonstans, tänkte Attila. De vilda bytesdjuren fortsatte att vara som bortblåsta ur skogen. Vargarna behövde ge sig på fler tamdjur.

Därför hade Attila hållit kvar flocken i närheten av byn, medan hon spanade efter ett nytt tillfälle. Och då – hade vargarna blivit sedda.

Det hade gått precis som jaktledaren, Hennings far, hade planerat. En liten grupp män hade smugit ut i skogen runt vargflocken. Männen var mer spanare än drevkarlar. De bullrade inte, rörde sig försiktigt. Men det var tillräckligt för att flocken skulle märka dem. Vargarna rörde sig bort från männen. Att de blev styrda i en viss riktning förstod vargarna inte.

Allteftersom tycktes det flocken som om omgivningen blev hotfullare och hotfullare. Oväsen hördes också. Dånande slag på de trummor som drevkarlarna bar; rop och skrik. Vargarna kände vittringen av förföljare allt starkare. Fler och fler stora tygstycken skymtade bakom snåren. Vargarna förstod inte vad det var. Deras oro ökade. De ville fly undan. Men det tycktes inte finnas något håll att vika av mot. Så därför fortsatte de framåt.

…..

Först sprang Attila. Öronen stod upp. Hon tog sig fram fort och säkert. Käkarna var slutna och ögonen riktade framåt.

Fortfarande var hon starkast och snabbast. En bit bakom henne löpte flockens två unga hannar. De hade tungorna hängande utanför, flämtade lite. Längre efter kom de tre honorna. De var inte långsammare. Men de måste ofta titta efter de fyra ungarna som studsade bakom i sin egen takt. Ungarna förstod inte varför de måste ha så bråttom. De saktade ofta in, för att kivas med varandra. Som ungar gör.

Men faran var för stor för sådant nu, kände varginnan. Hon förstod vilka det var som följde efter flocken. Män beväpnade med gevär, och med hundar i följe.

Hundarna var Attila inte särskilt rädd för. Men hon visste att när jägarna kom så nära att gevären började knalla, var det risk för skada eller död.

En gång hade hon själv sårats av ett skott i bakbenet. Hon hade lyckats halta i väg och komma undan. Bli frisk igen. Men sedan dess hade hon varit mån om att hålla sig borta från män med skjutvapen.

Nu anade hon hotet på närmare håll också. I skogen på ömse sidor hade hon skymtat vita skynken och känt den oroande vittringen. Skogen hade ännu ingen snö. Så det var inte träd som var vita. Nej det vita var människoverk. Skynkena var tygbitar uppspända på ramar så de blev skärmar. Bakom skynkena kunde hon ana folk.

På tyget hade målats hiskliga gestalter. Djävulsfigurer med treuddiga spjut, ansikten med grinande munnar och eldsprutande ögon. Dem kunde inte en varg tyda. Men

36

jägarna och drevkarlarna fick mod av bilderna. De trodde att djävlarna skrämde vargen.

De här människorna som dolde sig bakom skärmarna sköt inte. De hetsade heller inga hundar mot flocken. Ändå var de ett hot. Varginnan vände i en båge bort från skärmarna. Men tvingades tillbaka av ett annat band av skynken längre fram, på motsatta sidan.

Attila hade rätt, fastän hon inte visste. Människorna i skydd av de vita tygstyckena var en annan sorts drevkarlar än de som sprang och bullrade bakefter flocken. De med skynkena hade inte till uppgift att föra oväsen. Utan se till att vargarna höll sig till sitt spår och inte vek av. Meningen med de vita skärmarna var att styra vargarna åt ett visst håll.

Styra dem mot varggroparna längre fram.

Attila hade aldrig fastnat i något nät. Aldrig fallit i någon varggrop eller stängts in i en varggård. Dittills hade hon klarat sig och sin flock. Lyckats slinka i väg med dem och undkomma.

Varginnan kände på sig nu att förföljarna försökte komma åt hennes flock på något sätt. Vad som väntade visste hon inte. Men hon kände flocken inte fick låta sig dras vid näsan.

Hon saktade farten, spanade omkring sig. En bit ifrån mörknade skogen till ett omfångsrikt snår av enbuskar. Runt som en borg var snåret, femtio till hundra meter i omkrets, tätt som en päls.

Attila gav till ett läte ur strupen, saktade farten ytterligare och pekade med sin nos mot snåret. Dit in med er, allihop! Varginnan väntade och bevakade att hanarna lydde henne. Det gjorde de. Efter kom honorna och i deras följe ungarna.

I mitten av snåret fanns en liten glänta. Den var inte tom utan belamrad av gamla trädstammar och rotvältor. Grenar från omkullstörtade träd spretade åt alla håll. Efter några sekunder var alla vargarna osynliga, hukande bakom gömmena.

Bakom dem stannade drevkarlarna. Trumdunkandet och ropen tystnade. Attila hade överlistat drevet. Flocken var som uppslukad av jorden. Drevkarlar och jägare förstod att den hade sökt skydd. Drevkarlarna misstänkte till och med var – inne i det stora täta enbärssnåret. Men dit vågade ingen följa efter, med risk att få en vargkäft om strupen. Det blev för en stund tyst och stilla i skogen.

Kanske skulle drevet komma av sig nu, jägarna avbryta jakten och lämna vargarna i fred?

Kanske hade de gjort det. Om det inte varit för Karo.

KAPITEL 10 VARGUNGARNA

Karo var baron Tall von Syds hund. Raggig, av obestämd ras. Den var bred över bringan och säker på sin egen styrka. Den var ingen jakthund – då hade den nog varit försiktigare. Utan en sällskapshund. Mycket road av att visa sin egen duktighet genom att springa och jaga efter alla sorters djur, ibland människor också.

Efter att ha stått och flämtat en stund bredvid sin husse gav Karo till ett skall och sprang in i enbärssnåren. Full av beslutsamhet att jaga rätt på vad det vara månde som fanns därinne. Karo kände inte enbärsbarren, som stack mot nosen eller de torra vassa grenarna som slog runt öronen. Här skulle hittas något att skälla på. Det var det bästa han visste.

I ett nu stod Attila framför honom, stor och grå, som en klippa. Karo hostade till lite, kanske började han skälla. Visserligen såg djuret framför honom starkt och skräckinjagande ut. Men han, Karo, var ju ändå från en fin gård. En barons hund. Det borde skrämma den andra. Karo ställde sig på stela ben, morrade och visade tänderna.

Hunden kände sig samtidigt ändå lite rädd. Motståndaren var mycket större än han väntat sig och verkade inte det minsta oroad av hans morranden. Men Karo hade ju en stor styrka bakom sig, av både andra hundar och människor. Till och med beväpnade. Ingenting farligt kunde hända honom.

Det var just vad det gjorde.

I nästa ögonblick kastade sig Attila mot honom, med farten hos en kanonbkula. Karo fick en så kraftig stöt mot skuldran att han föll. Vargen måttade med tänderna mot hans hals. Bettet rev upp ett rött sår.

Karo blev alldeles yr av överraskning. Aldrig hade något djur han skällt på förut gjort så. De hade flytt för honom. Minst av allt slagit tillbaka! Hunden kravlade sig på fötter. Gav upp ett par skall, så argsinta han kunde. Mer orkade han inte. Varginnan var strax över Karo igen. Han ylade av smärta när hon högg honom hårt över ena frambenet. Att skada motståndarens ben så fort det gick var en instinkt som vargen hade. Det var för att hindra flykt.

Hunden åkte omkull igen. Varginnan närmade sig, med rasande ögon. Karo kände att nu var han verkligt illa ute.

Plötsligt vände Attila blicken åt ett annat håll. Ungarna! Karos ilskna skall hade skrämt vargungarna. De hade rusat upp från sina gömställen. Förskräckt sprang de i väg allt vad de orkade, ut ur snåret. Attila såg en sista skymt av en liten svans, som försvann bakom ett snår.

När varginnan stod stilla och tittade bort, tyckte Karo att han måste göra något. Hunden var sårad och ilsken. Han kastade sig fram och bet sig morrande fast i varginnans bakben. Han släppte inte, trots att hon gav honom flera hugg över huvudet och släpade honom med sig ett stycke. Karo hade till sist visat ett stort mod. Flera minuter gick, innan han äntligen släppte taget. Då var han halvdöd.

Attila kom loss. På ett ögonblick glömde hon Karo, gav honom inte en blick. Varginnan gav till ett par korta befallande hostningar. Flocken kom på fötter. Den följde Attila, när hon i högsta fart satte efter vargungarna. De måste hinnas upp. Hejdas från att springa rakt ut bland jägarna. Vargungar har kanske mer förstånd än hundvalpar. Men inte tillräckligt mycket. De hamnade i stor fara, om de rusade i väg från flocken.

Ungarna sprang fort och förskräckt. De hade fått stort försprång. Attila sinkades av att behöva väja för ett band av vita jaktlappar med grinande ansikten, som dök upp framför henne. Hon var skadad i benet också. Så mycket att hon inte kunde springa så fort som vanligt.

Varginnan hörde ungarnas gälla skrik. De var fortfarande på långt avstånd. Men ungarna hade tydligen inte stött ihop med människor. I alla fall var det ingen som sköt med gevär.

Vad Attila inte visste var att drevet hade upptäckt vargungarna. Men eftersom unggarna sprang åt alldeles rätt håll, lät drevfolket dem hållas.

En ung varghona stannade. Hon var mor till den ena av ungarna. Kanske hade hon blivit tveksam över, om Attila verkligen visste var ungen fanns. Varghonan satte upp nosen i vädret och ylade. Som uttryck för sin oro. Eller ett lockrop till sin avkomma.

Andra i flocken hejdade sig också. De satte upp nosarna i vädret. Några andra vek av från spåret, sprang åt olika håll. Det var ett svårt lydnadsbrott. Ingen borde ha stannat eller saktat farten, utan fortsatt följa ledarvargen. Men drevet och bullret från alla håll runtomkring dem hade gjort vargarna förvirrade. De var trötta, också.

Attila saktade farten, tvekade. Vad skulle hon göra? Förena sig med flocken bakom sig, eller fortsätta? Instinkten att rädda ungarna var starkare. Hon fortsatte att springa, ökade farten så mycket hon kunde för det smärtande benet.

Attila märkte knappt att stängsel dök upp på båda sidor om henne. Att stängslen blev högre och högre. Hon kunde inte höra ungarna längre. I stället blev stigen hon följde allt tydligare och lättare att följa. Den omgavs av jordvallar nu. Lukten av människor kändes mer och mer. Attilas oro ökade. Hon rusade vidare. Hon hörde en häst skria i skräck någonstans.

Plötsligt gav marken vika under henne. Den var inte fast grund utan bara ett tunt lager med ris. Attila föll djupt.

KAPITEL 11 *NÄR PRÄSTEN KOMMER TILLBAKA...*

Varginnan befann sig på bottnen av en djup grop. Det var mörkt. Bara en strimma ljus silade in genom hålet i riset långt ovanför henne.

Där fanns också de tre ungarna. De tryckte sig tysta mot gropens stenlagda väggar. De var så rädda att de först inte verkade känna igen Attila. För att dämpa deras oro – och sin egen – slickade hon dem långsamt.

På väg hem från skolan hörde Henning folk på byvägen prata om vargjakten. De var glada och förtjusta. Ledarinnan och tre ungar hade fångats.

Pojken anade att varghonan var hon, Attila.

Kanske hade folk rätt att vara glada? Varginnan och hennes flock hade slagit och dödat Perssons djur. Innan dess kanske också många andra tamdjur. Fler än Perssons hade förlorat boskap och måst söka fattighjälp, för att inte deras barn skulle svälta ihjäl.

Varför var inte också han, Henning, lycklig över att en sådan rövare som Attila blivit fångad? Förstod han inte att det var bra?

Hans egen far Magnus hörde nog till dem som var nöjda. Jakten hade varit lyckad. Varginnan och tre ungar fångade, resten av flocken skingrad.

Attila och ungarna skulle inte dödas genast, hörde Henning.

Låt dem plågas lite, sa någon. De fick vara kvar i fällan tills prästen kom tillbaka. Han var borta ett par dagar nu, för att hålla gudstjänst och dop i en kyrka i en annan del av socknen. Vargarna skulle avlivas när prästen kunde vara med och leda en tacksägelsehögtid. Efteråt skulle vargarnas kroppar bli skinnflådda och brännas på bål utanför kyrkan.

Vad kunde Henning göra? Varför tog han inte och glömde hela saken? Det här var ju något som vuxna och kloka hade bestämt. Han var en liten pojke som inte hade något att säga till om.

Ändå funderade han. Skulle det gå att rädda Attila på något vis? En plan växte fram i hans huvud.

Attila hade fallit i varggropen. Henning visste precis var den låg, och hur den såg ut. Den var djup, minst fyra meter. Med branta stenlagda väggar så att det inte gavs något fotfäste. Nej, ingen varg kunde ta sig ur den fällan av egen kraft.

Henning och kamraten Emanuel hade en gång tagit en stege och klättrat ner. När ingen såg. Det var spännande. Och kusligt. Henning trodde att Emanuel också hade tänkt: Om stegen välter och vi blir fast härnere...? Kanske kommer ingen någonsin att hitta oss…

Men stegen höll bra. Pojkarna hade lätt tagit sig upp igen.

Den stege som Emanuel och han använt hängde på en ladvägg i närheten. Den var en del av Hennings plan nu. Det var ett kraftigt klätterverktyg, med breda fotsteg. Planen var bra. Men stegen ganska tung. Pojken förstod att han inte kunde hantera den ensam. Minst två borde de vara, för att klara av vad som behövde göras

Pojken måste försöka hitta någon som ville hjälpa honom. Kanske en av drängarna på gården, som han kände? Nej, vuxet folk skulle skratta åt honom. Och kanske gå till hans far och tala om vad de hade hört.

De enda tänkbara var någon av skolkamraterna. En av pojkarna. Eller till och med en flicka, om hon var stark och modig. Henning skulle höra sig för i morgon, på rasten.

KAPITEL 12 "VILL DU....?"

Skolan hölls den dagen på sena eftermiddagen. Otåligt väntade Henning på att det skulle bli rast. Han svarade förstrött på fröken Gertruds frågor. Hon tittade förvånat. Henning som brukade vara så uppmärksam och kvickt att svara. Var han sjuk?

Äntligen ringde fröken med klockan, till tecken på att första lektionspasset var slut. Kamraterna gick ut i korridoren för att hämta sina matsäckar och ta på sig ytterkläderna. Om det inte var regn eller snö eller mer än 5 grader kallt var de tillsagda att sitta ute och äta. Då skräpades det inte ner inomhus.

Henning lät sin matsäck stå.

Han borde fråga någon pojke. Hitta någon som hade bra armmuskler. Men framför allt som ville…

Karl var en av de kraftigaste i klassen. Han satt på en stubbe för sig själv vid väggen.

"Har du hört om det, Karl? Att en varg har ramlat i en av varggroparna?" frågade Henning.

Karl nickade. Han åt av en stor kall potatis, samtidigt som han skalade den.

"Det är inget vidare för vargen..."

"En varginna är det", avbröt Karl. "Hon är ledare för flocken. Och tre ungar ligger där också. Rätt så små."

"Är de hennes ungar?"

"Det är inte säkert", sa den store pojken. "De kanske bara hängde med henne. När hon sprang."

"Hur ska flocken klara sig utan ledarvargen sin? Det är för bedrövligt." Henning skakade på huvudet. "Hon borde få gå fri."

Karl slutade tugga på sin potatisbit.

"Det är bra om hon inte kommer tillbaks till flocken", sa Karl på sitt sävliga vis. "Utan henne blir de andra vilsna. Kan inte jaga. Och alla vargarna svälter kanske ihjäl." Han tittade upp på Henning. "Det är kanske hon som slog min morbrors djur. Hon ska inte släppas! Inte ungarna heller."

Rudolf hade också muskler. Han låg utsträckt på förstubron. Han hade byxor med beslag av älgskinn, så han behövde aldrig frysa om baken. Rudolf var inte ensam. På bänken bakom honom satt Anna. Under tak och med skydd för den kyliga vinden.

Henning trodde att Rudolf och Anna gillade varandra. Tänk om han kunde få hjälp av dem bägge. Anna var ju en flicka som tänkte. Hon kanske kunde fås att förstå, att det vore fel att döda Attila. Rudolf var en tuff kille som tyckte om äventyr. Han sa ofta att det inte fanns någon modigare än han.

"Vill du vara med på en spännande sak?" frågade Henning. Anna tittade upp från sin smörgås och log mot Rudolf, sedan mot Henning.

Att befria Attila ur varggropen var ett äventyr, som krävde mod. När Henning höll på att fundera, hade han tänkt på det. Han hade begripit att varginnan där nere kunde bli mycket farlig, mot dem som kom för att rädda henne.

Rudolf hade hånfullt sagt om Emil, att han hade sågspån i huvudet. Rudolf var inte världens klyftigaste själv, tänkte Henning. Men nu behövde Henning honom. Helst ville han ha båda. Anna var söt, med sina fräknar och flätor. Men det var inte det viktigaste. Hon var klyftig. Om hon tyckte att det Henning föreslog var rätt, skulle han känna sig mycket bättre till mods.

"Säg vad jag ska göra", sa Rudolf tufft. "Och jag gör det. Ju farligare dess bättre!"

"Rädda nån...,"sa Henning. "Som är i fara."

"Vem då?" frågade Rudolf ivrigt.

"Som inte har en chans utan dig", fortsatte Henning.

"Vad? Vem tusan menar du? Är det din bror som har brutit benet ute i skogen?"

Henning skakade på huvudet. Det blev tyst några sekunder. Så sa Anna:

"Rulle, jag tror det är vargen han menar. Ledarvargen som har fallit i varggropen."

Rudolf reste sig. Hans käkmuskler spändes så att det såg ut som om han hade remmar inunder kinderna.

"Är det sant, Janne?"

Henning nickade.

"Jag tycker inte hon ska dö."

"Är du inte riktigt klok!?" skrek Rudolf. "Det är ju för tusan ett monster. Ju förr de slår ihjäl henne, dess bättre!"

Henning vände blicken mot Anna.

"Tycker du detsamma?"

Anna hade lagt ner den halvätna smörgåsen bredvid sig.

"Varför kunde inte vargarna ha tagit bara ett djur hos Perssons? Lämnat de andra i fred? Den där varginnan är ett odjur. Hon kan inte släppas fri!"

"Jag tycker det", sa Henning. Han började gå. Men stannade och vände sig om. "Rulle… Anna… kan ni lova att hålla tyst om det här? Tills... tills vi får se hur det går?"

Anna tvekade ett ögonblick. Så nickade hon, och tog upp sin smörgås. Rudolf skrattade.

"Vi är väl för fan inga skvallerbyttor! Förresten finns det inte en chans att du klarar det!"

Nu var det tre som hade sagt nej till att hjälpa honom. Missmodet smög sig över Henning. Han tittade bortåt Ingrid. Hon stod och hoppade, för att hålla fötterna varma. Det röda hårbandet hoppade också. Nej, hon var för liten. Hon var så liten att hon självklart måste vara rädd för vargen.

Bror, då, som satt med ryggen mot en stor sten på skolgården? Han var eftertänksam. Kanske han kunde känna för att det inte var rätt att hämnas på ett vilt djur.

Henning gick fram och satte sig bredvid Bror.

"Vad tror du om vargen, Bror? Jag menar... henne som de har fångat i varggropen."

"Jaha varginnan." Bror tänkte ett tag. Han skruvade sig i sin grå vadmalsjacka. "Jag vet inte." Han satt tyst. Henning kände hur det blev kallare och kallare under stjärten. Han hade ingen värmande älghud i byxbaken. Han satt kvar. Men bad tyst att Bror inte skulle tänka så länge.

"Det är lite fel att ta livet av henne där i gropen. Och ungarna också. Vad ont har de gjort?"

"Ja ja Bror, just det", sa Henning ivrigt och reste sig upp på knäna. "Tycker du att man borde släppa ut dem därifrån…?"

"Men å andra sidan…", fortsatte Bror. Han sökte efter orden. " Hon bet nästan ihjäl Perssons gamla Brunte. Nu måste den stå där som lockbete utanför varggroparna. Frysa och vara dödsförskräckt. Och… har du tänkt på, Henning, att vargungarna växer upp till stora vargar? Som också kommer att ge sig på folks får och kor. Nej… jag tror inte att…" Bror vände huvudet mot Henning. "Du vill försöka rädda dem, vad? Och att jag ska hjälpa dig?"

Henning svarade inte. Han tittade bara tillbaka på den andre pojken. Men Bror vände bort huvudet. Han sa:

"Om du visste hur mycket prygel jag skulle få av farsan, när det blev upptäckt. Jag skulle inte kunna gå på fyra dar. Nä, det går inte, Henning. Det vågar jag mig inte på…"

Nästa pojke, Emanuel, som Henning frågade, sa åt honom att han skulle strunta i vargarna. De var inte hans sak. Henning skulle "skita i odjuren" (låta alltihop vara).

Pratet hade tydligen blivit för högljutt, ändå. Ulla-Britt hade falkögon och hörsel som en katt. Och var lika nyfiken. Nu hade hon snappat upp vad Henning gick runt och pratade med kamraterna om. Kanske var hon avundsjuk över, att hon inte hade blivit tillfrågad.

Hon reste sig upp och kom fram till honom.

"Jag hör vad du pratar om, Henning. Om du fortsätter tänka på att befria vargarna, ska jag säga åt min pappa att anmäla dig för landsfiskalen! Du är en idiot. Som inte fattar att de där hemska lusiga satans odjuren ska slås ihjäl!"

Ulla-Britts ögon var röda som en rävs av ilska. Hon vände på klacken. Ja det vill säga klack hade hon inte på sina stora stövlar av filt, med läderskoning. Hon snurrade runt på dem och sprang tillbaka till Gun.

Just då skymtade fröken Gertrud i dörren, viftade med ringklockan. Rasten var över. Henning kände bitterheten i magen. Så – det kunde inte bli någon räddning. Ingen ville hjälpa honom. Magen sved också av saknad efter matsäcken, som han hade missat.

Då kände han en knuff på axeln. Han vände sig om. Det var Emil. Han hade smugit fram ur någon vrå av den mörka skolgården. Utan ett ord som vanligt.

”Vad vill du?” frågade Henning otåligt. ”Det har ringt. Vi måste gå in.”

”Henning. Jag… vill… vara med…”

”Vad är det du säger, Emil? Tala tydligt, och lyft på huvudet.”

Emil reste på hela kroppen. Nu såg Henning att Emil var rätt stor, egentligen. Längre och kraftigare än han själv. Det framgick inte i vanliga fall. Då märkte man bara att han hade slitna kläder, nariga kinder och var rufsig i håret.

”Det ska…”, fyllde han ivrigt i.

Nu lyste vilja och frimod om Emils gestalt, när han hade rätat på sig och tittade Henning i ögonen. Henning kände i det ögonblicket något som han inte tidigare hade begripit. Emil kanske inte märktes så mycket i skolan. Men det fanns styrka hos honom. Förmodligen tänkte han en massa också. Som kamraterna aldrig fick veta. För att de inte brydde sig.

”Du och jag… Henning… ska gå ner i varggropen. Och…”, Emil fann inte ord. Nickade i stället kraftigt flera gånger.

KAPITEL 13 *NATTLIG EXPEDITION*

Hennings rum var inte stort. Längs ena långväggen stod hans säng. Den bestod av en trälåda med lock. På dagen var trälådan en soffa, där han satt på locket. På natten tog han bort locket och kröp ner i sängkläderna under. Bredvid fanns ett bord med slagskiva, och en pinnstol. Slagskivan gjorde att bordet kunde göras större eller mindre. Nu var det alltid mindre, eftersom Hennings bror August inte bodde där längre. Ovanför hängde en fotogenlampa. Henning var numera betrodd att tända den själv, när han behövde ljus för att läsa eller skriva.

Fönstret var igensatt för vintern, med dubbla glas och vit vadd emellan, för att mota kylan. Men det var inte igenskruvat, som många andra fönster i huset, utan hade hakar. Så det gick fortfarande att öppna, för att släppa in frisk luft. I en vrå mot spiselmuren stod ett klädskåp. Golvet bestod av renskurade breda träplankor. Ovanpå låg färgglada trasmattor, som mor Lovisa hade vävt. Dem tyckte Henning mycket om. Mindre gillade han tapeterna. De bestod av skära änglaansikten, som log stort. De såg dumma ut, tyckte Jan Henning. Men modern sa tapeterna var snygga och fina och inte behövde bytas.

Förut hade Henning delat rum med sin bror August. Men sedan våren var August utflyttad. Han bodde nu för sig själv, i bortre ändan av gårdsplanen. I det lilla hus som kallade undantagsstugan. Gamla i släkten brukade få hushålla för sig själva där. Men det fanns inga gamla nu hos Fridolins, så det hade fått bli Augusts ställe tills vidare. Storebror var 18 år. Han hade inte längre velat kampera ihop med "glinet" som han sa, lillungen, småbrorsan.

Det var finfint, tyckte Henning. För nu fick han ha pojkrummet för sig själv. Det låg dessutom intill köket och var varmt och gott. August skulle märka skillnaden när kallvintern kom efter jul. Henning saknade inte August särskilt mycket. För storebrorsan hade blivit allt stökigare i rummet. Och pratade mest om flickor som han tänkte börja träffa.

Efter kvällsmaten hade Henning sagt till sin mor Lovisa att han måste "läsa på". Han hade gått in på sitt rum och stängt dörren. Mamman tyckte om att Henning läste på. Hon ville att han skulle bli en studerad karl. Kanske präst eller doktor så småningom. Magnus Fridolin ansåg att bondeyrket var det bästa. Han ville att sönerna skulle ta hand om gården efter honom. Henning själv tänkte inte så mycket än på framtiden.

I stället för att "läsa på", la sig pojken med boken bredvid sig på sängen. Han behövde sova extra inför vad natten hade i beredskap. Han hade sagt åt Emil att göra detsamma.

Henning brukade vakna, när det stora golvuret i kammaren intill hans rum slog tolv. Klockan raspade och stånkade fram de många slagen. Så omständligt att Henning hann både lyssna och nästan somna om, innan de hade klingat ut.

Nu var inte tid att sova mer utan ge sig i väg. Så ljudlöst som möjligt, som en indian. Pojken hade redan det mesta av kläderna på sig. Han behövde bara dra på sig tröjan och skorna. Sedan en snabb tur ut i köket.

Trots att Fridolins hus var ett av de större i byn, var köket litet. Det var egentligen inte litet. Men allt möjligt skulle ha plats där. Familjen och drängar och pigor åt i köket. Det betydde ett stort slagbord och många stolar. I köket fanns också den väldiga eldstaden, med sina utskjutande murar.

Den såg ut som en öppen spis och var fylld av grytor, hällar och andra redskap. Till vänster fanns en stor vedlår. (Som det var Hennings jobb att hålla fylld. Det var inte det roligaste att skickas ut kalla vinterkvällar i den mörka vedbon, fylla famnen med klabbar, späntved och näver och balansera sig in igen. Men det måste göras.)

På varsin plåt på golvet mellan spisen och vedlåren stod två vattenspannar. Också de skulle hållas fyllda. Men det var pigans jobb, inte Hennings. I köket stod också om vintrarna både spinnrock och vävstol. Innanför dörren låg en liten bädd med granris, som man skulle torka av fötterna på.

Det fanns alltså ganska mycket att kryssa emellan i mörkret, och undvika att stöta emot. För en pojke som ville smyga ljudlöst som en indian.

Henning tog sig bort till skafferiet. Han öppnade skafferidörren. Där låg de… Pojken hade ett papper till hands. I det slog han in det han behövde.

Han öppnade försiktigt fönstret ut från sitt rum. Alla i huset sov sedan länge. Men pojken kunde inte ta några risker. En kylig vind slog emot honom. Den gjorde honom ännu piggare. Han var inte det minsta sömnig nu, och fylld av spänning. Hans tå kände sig för. Den hittade listen över källarluckan. Han fick säkert fäste på den och kunde kliva vidare ner på marken.

Henning hade kommit överens med Emil, att han skulle knacka lätt med kanten av en tolvskilling på kamratens fönsterruta. Ljudet från myntet skulle låta höras precis så mycket att Emil vaknade. Inte hans mamma som sov i sängen bredvid.

Men nu kunde Henning se på långt avstånd, trots att det var kolmörkt, att Emil redan stod utanför och väntade. Han hade sina tjocka byxor på sig, med hängslen utanpå sticketröjan. Det kom alltid en doft av stekflott från Emils tröja. Det gjorde ingenting. I varje fall inte nu. Mössan hade Emil nerdragen över båda öronen. Pojkarna gav sig av på snabba tysta fötter.

Henning visste från sin far att en man beväpnad med spjut eller gevär skulle patrullera dygnet runt vid varggroparna, och bevaka dem. Men nu var där tomt.

Pojkarna låg en stund och spanade. Ingen vakt syntes till. Karlen som hade uppdraget låg nog hemma och "bevakade" i sin säng i stället. Det enda som hördes vara det oroliga trampet från en häst i närheten. Vad skulle hända nu?

Henning hade en plan. Den hade han tänkt ut när det var ljust. Här i mörkret kändes den inte lika säker.

Emil tog tag om hans arm.

"Vi måste titta ner… i varggropen. Se om…höra om… vargarna finns där…"

Det var förstås klokt.

Emil hade inte behövt bekymra sig. Pojkarna tog ett stadigt tag om varsin rottåga och lutade sig över kanten till hålet. Det var inget tvivel om, att varginnan och ungarna fortfarande var kvar i gropen. Det gick inte att se dem. Men det hördes små gnällanden och knäpp av klor mot bottnen.

Och ett särskilt ljud ur varginnans strupe, som visade att hon hade upptäckt att Henning och Emil fanns däruppe. Ett vaksamt morrande.

KAPITEL 14 FRITAGNINGEN

Emil kastade en blick på Henning. Kände han sig också rädd? Ja, säkert. Men de måste i alla fall göra vad de hade kommit för.

Pojkarnas mörkerseende hade blivit mycket bättre. De hittade lätt stegen på väggen. På två kändes den inte heller så tung. Nu hade hästen borta vid den andra varggropen också märkt dem. Hästen gav också ljud ifrån sig, men inte så skrämda som förut.

Pojkarna bar stegen mot varggropen. Henning viskade:

"Se upp var du sätter fötterna nu, Emil. Så du inte går igenom taket och ramlar ner på vargen. Det vill nog varken du eller Attila…!"

"Attila…?" Emil stannade och tittade fundersamt på honom genom dunklet.

Henning nickade.

"Du förstår, Emil… Hon… heter så. Jag har träffat henne förut. Det är en särskild historia. Den får jag berätta sedan. Attila är min vän. Därför ska bara jag, och inte du, klättra nerför stegen…"

Emil skakade på huvudet.

" I alla fall ska jag gå först. Så kan du komma efter", sa Henning.

Emil lät sig nöja med det. De sänkte stegen försiktigt mot varggropens botten, för att inte skada djuren därnere. Och inte riskera något slammer mot stenväggarna. Närmaste hus var på 500 meters avstånd. Men bandhundar hade god hörsel.

Nu var Henning på väg ner. Långsamt, fot för fot. Han kände att det var rått i gropen. Det doftade inget vidare heller. Ljudet av klor som skrapade blev tydligare.

Attila var hans vän. Det hade han sagt till Emil. Henning själv måste lita på det nu.. Om några sekunder var han i den stora lurviga vargens våld. Hon kunde klippa av strupen på honom så lätt som inget, om hon ville. Då… vid vaken… hade hon sett att han var en liten pojke. Men nu… visste hon vem han var? Att han inte tillhörde fienden, en av dem som ville döda henne?

Henning stod på bottnen nu. Han vände sig om. Han kände att varginnan bara var någon meter från honom. Det var ingen dröm, att ett par stora lysande ögon riktades stint mot honom.

”Attila, det är jag”, sa pojken. Han kände att han darrade. En lång stund stod han alldeles stilla. Ingenting hände.

Med försiktiga rörelser tog pojken av sig sin ränsel. Ur den plockade han fram det han haft med sig. Det var fyra eller fem präktiga skivor griskött, insvepta i sitt papper. Det for genom Hennings huvud, att han inte bara var olydig mot sin far och mor. Han hade stulit av dem också.

Pojken lyfte paketet och kastade det fram mot varginnan.

”Här… ät”, sa han. ”Ni har varit utan mat länge nu…”

Den stora ledarvargen fortsatte att stå blickstilla, med blicken riktad mot Henning. Ville hon inte ha köttet? Trodde hon att det var en fälla?

Nu såg Henning bättre i mörkret, här nere också. En av de tre småvargarna hade rusat fram och slet gläfsande i paketet, så att köttbitarna föll ut. Nu sprang de andra två också till. Attila lät dem hållas en stund. Så tog hon också en bit i gapet.

Allt glupskare slukade vargarna köttet. De var tydligen mycket hungriga. Både de små och den stora åt fort och ivrigt. Det var bra, tänkte Henning. Det fanns inte så mycket tid. Bakom sig hörde han hur vännen kom nerför stegen. Attila tittade upp på Emil men inget mer, fortsatte att äta.

Emil viskade:

"Hur kan det komma sig, Henning? Att du känner en varg?"

Henning svarade:

"Är de onda, tror du?"

Emil svarade inte på det.

Hade Emil sagt ja till att vara med för att han ville vara Hennings vän? Eller för vargarnas skull? Henning tänkte, att han inte visste. Någon gång skulle han kanske få reda på det.

Emil öppnade munnen.

"Om det inte jämt vore så *tråkigt*, ändå. Aldrig får jag vara med om nåt spännande….!" viskade han. Och grinade med hela sin tandrad, så den blänkte i halvmörkret. Henning gapade själv, men av förvåning. Aldrig hade han hört Emil säga något med sådan känsla. Ens prata alls, nästan. Han förstod att kamraten kände lika starkt som han själv för, vad de höll på med. Och att han var lika glad åt det.

Nu sa Emil något igen.

"Attila… Tror du att hon kan ta sig upp själv, Henning?"

"Jag är säker på det", svarade Henning. "Hon är smidig. Och klok. Fotbräderna på stegen är breda."

"Såg du att hon lät ungarna äta först? Du tänker väl låta dem följa med?"

Henning blinkade till i mörkret. Hans plan hade bara gällt Attila. Det var henne han kommit för. Han hade knappast tänkt på de andra tre. Men nu gick det upp för honom, att utan ungarna gav sig Attila inte av. Det hade Emil förstått.

Henning och Emil måste alltså få de små ur gropen, också. Men på vilket sätt? Attila klarade att springa uppför stegen själv. Det kunde inte ungarna. Om pojkarna lyfte upp dem på gropkanten, var det en stor risk. Ungarna skulle säkert tumla i väg, gnälla och leva om. Förstöra alltihop med att väcka hundar och folk i närheten.

Varför kunde Henning inte bara få rädda Attila?

Men nu hörde han Emils röst igen:

”Vi måste ta ut dem också.”

”Hur då?” for det ur Henning.

Nu märkte han att varginnan närmat sig. Hon snuddade med sidan mot honom. Inte smeksamt som en katt. Utan hårdare, mera som en knuff. I nästa ögonblick hade Attilas käkar gripit tagit om axeln på honom. Pojken blev rädd. Tänkte hon bitas?

Nej, det var inget bett. Utan något annat. Han förstod att det var varginnan sätt att visa att hon gillade honom. Att hon kunde hon bära honom i säkerhet, om det behövdes. På samma sätt som hon säkert gjort många gånger med sina egna ungar.

Ur Attilas strupe kom ett ljud. Det var inte ett hotfullt morrande utan lät mer som ett skratt. Henning drog av sig vantarna och lät händerna sjunka ner i varginnans tjocka päls. Den var kall och varm på samma gång.

Kamraten sa förvånat:

”Ja du har rätt. Hon är som… en vän till dig.”

Emil steg ner från stegen. Vargungarna samlades runt fötterna på honom. De nafsade och bet i hans filtskor. Emil skrattade lågt.

"De är… som hundvalpar. Men…", han gav kamraten en puff på det vanliga sättet, "vi måste ur gropen så fort som möjligt nu, Henning. Förstår du… den som vaktar kan komma tillbaka när som helst…"

En idé föddes i Hennings huvud.

"Jag kommer strax!" Utan att vänta på svar, klättrade han uppför stegen.

Ingen vakt syntes till. Pojken skyndade så fort han kunde bort mot hästen. Den var bunden vid en björk strax intill den andra varggropen.

Henning anade redan vilken häst det var. Perssons gamla valack. Den som hade blivit riven och skadad av Attila och hennes flock. Så gammal att den inte ansågs orka arbeta mera. Värdelös. I stället hade hästen tjudrats här, för att agera lockbete för fler vargar. Lura dem att falla i fällorna.

Hästen välkomnade honom med ett litet flåsande, och sparkade med framhoven. Bredvid sig, också fastspänd vid björken, fanns en jutesäck med hö. Den var nästan tom. Henning tog sin slidkniv från bältet och skar loss jutesäcken, tömde ur det sista av höet.

Pojken klappade hästen över nosen och sa:

"Spring hem till stallet nu, Brunte. Du har gjort ditt!" Han skar av hästens grimma så att den blev fri. "Skynda dig!"

Hästen stegrade sig lätt. Sedan travade den bort i dunklet.

När Emil tittade upp från varggropens botten, såg han kamraten komma klättrande. I handen hade Henning den kraftiga jutesäcken.

”Du som är kompis med ungarna, Emil. Lyft ner dem i säcken.”

Emil skrattade lyckligt. Det var ovanligt att höra honom göra det. Så gjorde han som Henning sa. SprAttilande och pipande lät sig ungarna fösas ner i säcken. Men först sedan de bitit och rivit ordentligt i Emils tröja och vantar. Attila tittade lugnt på, utan någon annan rörelse än att slicka sig över nosen.

Emil knöt igen säcken med en skorem av läder. Händelsevis råkade han ha en sådan i fickan. De två pojkarna tog tag i säcken och drog dem uppför stegen. Det var besvärligt men det gick. Pojkarna var vana att bära säckar med ved. Och så tunga var inte de små vargarna. Vargungarna var tysta nu. Kanske var de rädda. Eller också kände de spänningen. I alla fall var det bra och förståndigt av dem. Efter kom Attila klivande, med smidiga säkra steg.

Turen höll i sig. Det fanns fortfarande ingen människa i närheten. Pojkarna halvt drog, halvt släpade säcken med sitt innehåll in i skogen. De följde efter Attila. Nu var hon flockledare igen. Varginnan vände då och då på huvudet och tittade på följet.

Ja, nog var det ett märkligt nattligt sällskap i skogen. Snart skulle det förresten inte vara natt längre. I öster syntes ljus, som förebådade gryningen. Det var hög tid för pojkarna att komma ner i sina sängar igen, om de inte ville bli upptäckta.

Attila satte sig ner på bakbenen. Hon tittade på Henning. Han förstod att det var en signal. Han tog kniven och skulle skära av remmen och öppna säcken. Men Emil sprang fram och hejdade honom. Med ett knepigt ryck fick Emil remknuten att gå upp av sig själv. Inte fick man förstöra en bra skorem!

Ungarna tumlade ut. De skakade på sig, gläfste muntert. De tycktes inte minnas något av det som hade hänt.

Attila klev upp på tassarna och lunkade vidare i väg inåt skogen. Ungarna följde efter. Efter en stund vände varginnan på huvudet, mot Henning. Precis som hon hade gjort, sedan hon räddat honom ur vaken. Några sekunder senare var den lilla flocken försvunnen mellan träden.

När Henning öppnat sitt fönster och klättrat in, satt hans mor Lovisa på hans säng. Hennes röst var full av både vrede och oro.

"Var har du varit, pojke??"

Henning blev het i ansiktet. Han svarade inte. Det fanns ju ett svar. Men det kom inte över hans läppar.

"Kan du förstå, att jag har suttit här orolig halva natten?" fortsatte modern. "Jag drömde att du var i fara. Så vaknade jag av ett buller. Och när jag sprang hit och tittade in genom dörren, var du inte här! Vad har du varit ute på för odygder, pojke. Svara mig!"

Modern frågade en gång till var han hade varit. Hon fick inte något svar nu heller. Hon misstänkte förstås att han varit ute på pojkstreck. Det hade han ju, också. Men inte sådant som hon trodde.

Henning måste tiga. Han var trött och ville sova. Men modern var ju i vägen! Han satte sig bredvid henne. Nära, för att mildra hennes upprördhet. Jo visst förstod pojken, att hon känt oro. Men nu var han ju tillbaka.

"Tänk om du råkat ut för en olycka?" sa hans mor. "Hur skulle vi veta var du fanns, Henning? August var ganska vild när han var i din ålder. Men aldrig att han kröp ut mitt i natten! Vad har du ställt till med?"

Vilket tjat! Henning var så trött. Om han inte svarade, måste hon väl gå och lämna honom i fred.

Men han hade underskattat sin mor. Lovisa satt kvar och tittade på honom. Hon såg fortfarande upprörd ut fast hon också var hemskt trött.

"Vet du vad jag tror, pojke? Du har varit nere vid varggropen. Och försökt hetsa vargarna. Trots att det är förbjudet. Far din har sagt det. Klart och tydligt! Särskilt med hälsning till alla småpojkar. Om man ramlar ner i varggropen, är man dödens!"

Nu kände Henning stoltheten komma över vad han och Emil hade gjort. Han kunde inte hålla mot längre.

"Nej mor. Vi retade inte vargarna. Vi släppte loss dem. Hör du det? Räddade dem ur gropen", sa han. "Så nu vet du var jag har varit…!" Han vände ansiktet upp mot henne.

Lovisa stirrade på honom, stel i ansiktet. "Jag kan inte tro det!" Hon sprang upp från sängen. "Vad ska din far säga?!" Hon rusade i väg.

Modern kom tillbaka med Hennings far, Magnus Fridolin. Hon såg också både arg och orolig ut. Mest arg. Fadern ropade:

"Ska du vara min son? Förstår du vad du har gjort?"

Han höjde handen som för att slå till Henning. Men sänkte den. I stället satte han sig tungt på en stol bredvid. Huvudet böjdes mot golvet. Lovisa sjönk också ner bredvid sin son på hans säng. En stund var de tysta allihop.

Så lyfte Magnus blicken, under rynkade ögonbryn, och fäste på sonen. Hans röst var fortfarande också ond.

"Du har varit olydig, Henning. Har jag inte uppfostrat dig bättre? Jag är besviken! Du är inget annat än en tjuv!"

Henning skakade långsamt på huvudet. Hur kunde han vara en tjuv? Attila ägdes av ingen, och inte ungarna heller. Men han svarade inte sin far.

Magnus Fridolin klädde på sig. Han sa till Henning att följa med honom. Fadern gick i riktning mot varggroparna. Och så snabbt att Henning fick springa för att hinna med. När de kom fram, syntes ingen vakt till.

"Var det ingen heller som höll uppsikt, när ni pojkar var här?"

Henning svarade inte. Fadern sa:

"Någon av baronens drängar skulle stå vakt den här natten. Det kan bli vatten och bröd för honom." Henning visste att "vatten och bröd" betydde arreststraff.

Magnus Fridolin stannade och grep sonen hårt om armen. Det var som om fadern hade blivit hårdare och argare nu, än han hade varit förut. Magnus Fridolin skakade sonen.

"Vem var den andre pojken?"

Henning svarade, med trots i rösten:

"Det spelar ingen roll, far. Det var min idé, alltihop."

Magnus Fridolin gick steg för steg fram mot gropen. Han vinkade bort Henning från kanten. Fadern gick själv ner på knäna. Han stirrade ner i hålet genom granriset. Det var ljusare nu så man kunde se bättre. Där fanns förstås ingenting, varken varginna eller ungar.

Fadern sa:

"Att ni inte begrep bättre. Riskera livet. Hur kunde ni klara av det?"

Stoltheten kom tillbaka igen hos Henning. Han berättade. Han tog fadern med sig och visade på stegen, och att de burit den och skjutit ner den i gropen. Pojken beskrev för sin far, hur de burit ungarna i jutesäcken. Medan varginnan tagit sig upp på egen hand. En gång medan han berättade höll Emils namn på att halka ur Hennings mun. Men han hann hejda sig.

Magnus Fridolin stannade och såg på honom.

”Nå. Du får stå ditt kast. Nu är du själv utlämnad till vargarna.”

Vad fadern menade, förstod inte pojken.

När de passerade ladan, märkte Magnus Fridolin att lockbetet vid den andra varggropen var borta. Perssons gamla häst.

”Ja far”, sa Henning, ”Brunte släppte jag loss, också. Han stod inte bra.”

Magnus Fridolin rev sig i skägget. Och ett litet leende gled över hans läppar.

Men fadern var fortfarande mycket arg.

”Byrådet kommer inte att vara nådigt mot dig, gosse.”

När de kom hem igen, stod frukostmaten framme. Men Henning fick ingen.

Hans far räknade upp de fem av byrådets medlemmar som bodde närmast. Till deras gårdar skulle Henning genast springa. Knacka på, tala om att vargarna hade rymt. Och att ordföranden utlyste extramöte. De andra medlemmarna fick August rida runt till. Mötet skulle hållas redan på morgonen nästa dag.

”Du, gosse”, sa fadern till Henning, ”ska också sitta med vid byrådsmötet.” Magnus Fridolin spände ögonen i sin son. ”Den andre pojken borde vara med, också. Tala om vem den vanarting är, som hjälpte dig!”

Henning tittade sin far i ögonen.

”Jag säger det inte”, sa pojken.

"Jaså? Du själv ska i alla fall sitta där. På en stol i ett hörn. Som i skamvrån", sa hans far. "Och är du ensam, får du ta hela skulden själv."

Modern, Lovisa, hade lyssnat. Nu frågade hon förskräckt sin make:

"Magnus, hur kommer det att bli?"

Hon kanske undrade, vad som skulle hända med pojken. Men Magnus Fridolins tankar kretsade mer kring vargarna som sluppit ut ur gropen. Och vilken skam det var. Han sa med kärv röst:

"Jag tror att rådet bestämmer, att det ska bli ny jakt."

En klo av oro högg tag i Hennings mage.

KAPITEL 16 STRAFF

Henning hade sprungit runt som kurir, med andan i halsen, och kallat till extramöte. En del av byarådsgubbarna hade han fått leta reda på ute fälten eller i skogen.

De flesta gubbarna hade bara svarat 'Ja jag kommer', och skickat i väg honom. Några undrade om Henning visste vad det gällde. Han gav dem det korta svaret 'Vargarna i gropen har kommit loss, det är det som far vill prata om.'

En enda, bonden Molin, som var känd för att alltid spara och snåla, hade frågat mer:

'Hur kunde de ta sig ur varggropen? Vet du det, pojk?'

Henning hade bestämt sig redan innan han sprang ut. Om ingen frågade, skulle han ingenting säga. Men om någon ville veta, måste han ssäga som det var.

Molin var känd för att vara mycket hård mot sina barn. De skulle uppfostras "i gudsfruktan", som det hette. Det betydde att både hans två pojkar och den lilla dottern fick stryk med spö, när de hade gjort något fadern tyckte illa om. Fast Molin hade det gott ställt, var barnen alltid nött och lappat klädda. Den matsäck de fick med sig till skolan var lika torftig som Emils. Barnen Molin kom alltid först när de skulle bli lektion med fröken Gudrun, och de gick sist från skolsalen. Det var för de ville slippa hemmet så länge som möjligt.

När nu bonden i Molin i dörren till sitt hus frågade Henning hur det kunde komma sig att vargarna sluppit ut, svarade Henning:

"De kom inte ut av sig själva, farbror Molin. Utan det var jag som släppte dem."

Vid den upplysningen blev Molin först alldeles tyst. Ansiktet blev grått. Han darrade av ilska, hötte med fingret mot Henning och for ut:

”Är du en så inpiskad lymmel? För det... det ska du straffas, pojke. Riktigt kännbart. Det ska jag bli man för!” Han hade slängt igen dörren i synen på pojken.

Byrådets möte skulle strax börja. De flesta var på plats. De väntade bara på några få som var sena. Magnus Fridolin satt i sin storväst på podiet och läste i något gammalt protokoll. Framför sig på bordet hade han ordförandeklubban.

Ordföranden, Hennings far, hoppades att den inte skulle behöva användas mycket i dag. Att han bara kort kunde redogöra för vad som hänt. Och sedan ordna en enkel röstning med handuppräckning, om det skulle bli ny vargjakt eller inte. Beslutet skulle sedan fastställas med silverklubban.

Men när ordföranden lämnat ordet fritt blev det en lång och hård diskussion. Skrock, dumhet och rädsla blandades med kloka och förnuftiga inlägg.

Bonden Einar Einarsson sa att det inte var någon idé med en ny vargjakt. Både varginnan och hennes flock var säkert långt borta nu. I själva verket hade Einarsson känt att det varit alldeles för slitsamt för honom att sitta på pass i skogen.

Doktorn, Hall, höll fast vid sin åsikt att torpare och bönder borde hålla bättre lagårdar. De kunde hjälpas åt att laga hål i alla fähus och stängsel åt varandra. Det skulle skydda kreaturen bättre än att skjuta vargar.

Klockaren Johnson sa att vargarna var onda. Man måste jaga dem igen, för att kunna utrota dessa djävulens gårdvarar. Det var många som ropade från bänkarna att de höll med honom. Henning, där han satt med ansiktet vänt mot väggen, ville lägga händerna över öronen för att slippa höra.

Torparen Nuttunen pekade på den praktiska sidan av saken: Om man inte hela tiden jagade och fällde vargar, skulle de bli fler och fler. Och bli ett allt större hot mot kvinnor och barn och boskap.

Klockar Johnsons och Nuttunens åsikter vägde tyngst. Handuppräckningen sa klart: Återuppta vargjakten. Ordförande Fridolin hade bara att dunka med silverklubban att det var beslutat. Prästen utlovade ny tacksägelsehögtid i kyrkan efter jakten.

Mötet var inte över. För nu reste sig bonden Molin. Stark förtrytelse fanns fortfarande i hans ansikte.

”Vi har glömt en sak”, sa han. ”Här finns en riktig vanarting, som har ljugit och lurats. Han har gått emot byns regler och förordningar. Dessutom trotsat lagen. Det kan inte få passera ostraffat!”

Alla – inklusive prästen, klockaren och doktorn – visste ju vid det här laget hur det hade gått till, när varginnan och ungarna undkommit. Och vem som stått för det. Doktorn och några andra kloka var böjda att betrakta det som bara ett pojkstreck.

”Han är bara 11 år”, sa doktorn.

”Han har erkänt”, sa Jan-Hennings far, och höjde klubban för att avsluta mötet.

Men Molin hade ett hårt sinnelag. Han var inte nöjd. Inte beredd att låta nåd gå före rätt. Olydiga barn skulle straffas.

Det var ett uråldrigt tänkande som låg bakom. Och Molin vaktade den traditionen. Barn måste lyda vuxna, annars kunde det gå galet. Tillvaron på en gård var hård. Saker måste skötas rätt. Föräldrarna hade för mycket arbete själva att göra, för att hinna passa sina ungar. Därför måste barnen ovillkorligen lyda alla tillsägelser. Barn som vaktade yngre syskon, till exempel, fick inte på några villkor ta dem till sjön. Det var likaledes förbjudet att tända eld i torrgräset eller ta ut hästen utan lov. Barn fick inte lov att vara olydiga. Då kunde hela gården råka i olycka. Hos Molin var det tänkandet djupt rotat.

Nu sa han till ordföranden:

"Pojken ska ha prygel."

"Det var dumt det han gjorde", menade Nuttunen. "Att släppa vargen och ungarna."

"Stryk med käppen!" Molin lyfte upp något. Det var en tjock hård vidja. "Här. Inför allihop!"

Det gick ett mummel genom byrådet. Det lät som en del var mot något sådant. Men det hördes också några för.

"Han har ju erkänt", sa Hennings far igen. Men han la inte in mycket kraft i rösten.

"Pojken är förgiftad av vargens ondska", sa klockaren. "Han kan behöva en hård och renande aga." Man visste om klockar Johnson att han ibland givit barn renande aga bakom sakristian, när de bråkat och bullrat under bibelläsningen. Prästen Kreutz svepte sin svarta rock tätare omkring sig men sa ingenting.

"Om inte den rättvisan skipas slutar jag här", sa bonden Molin kärvt. Han hade rest sig upp, och tittade runt. "Vi måste ha ordning och reda. Rådet ska inte behöva tåla ohörsamhet." Han fäste sin kärva blick på Hennings far. "Vi kan inte ha en ordförande heller, som inte straffar olydnad!" Det hördes instämmande mummel från flera håll i lokalen.

"Är det nödvändigt?" frågade prästen. "Kan gossen inte få en hård katekes-läxa i stället? Om inte – vem åtar sig i så fall att aga honom?"

"Inte ska det väl vara nödvändigt att slå pojken", sa bonden Skog i sina stora vadmalsbyxor. "Fråga i stället varför han gjorde det – så vi får en förklaring!"

Men han hyssjades ned. "Lite smörj mår barn bra av!" ropade i stället någon annan, kanske var det baronen.

Hennings kände klon gräva i magen. Hans blick gled över till fadern. Det här kan du väl inte gå med på? Fridolin mötte pojkens blick. Han sa ingenting. Men vad han tänkte syntes tydligt: Kommer du ihåg vad jag sa, pojke? Du får stå ditt kast!

Han vände bort blicken från sin son och riktade sig till bonden Molin.

"Om det är rådets mening. Den som vill se straffet får själv utföra det."

Molin var redan på väg och framme vid pojken. Han skrek:

"Ner med byxorna! Tio rapp ska han ha. Så han får sona ordentligt. Eller femton!"

Hennings läppar darrade. Han försökte bita ihop så det inte syntes. Molin tänkte slå hårt, det syntes på den sammanbitna munnen. Bara ett enda rapp skulle svida i flera dagar. Och femton… Pojken kände tårar komma i ögonen.

Fadern hoppade ner från podiet och tog Molins arm.

"Nej!" sa han myndigt. "Fem får räcka. Fem!"

Molin skrattade hånfullt.

"Om det ska vara så blekt, så…"

Henning slöt ögonen. Han hörde hur det första slaget kom vinande, och träffade. Han kunde inte låta bli att vråla av smärta.

Henning låg på sin säng. Utsträckt över bolstret, med nattskjortan uppdragen så att baken var bar. Det svalkade bättre så. Hans mor hade smörjt honom med vaselin, för att lindra smärtan i de röda ränderna. Men Molin hade gillat att klämma till hårt med sitt pinoredskap. Det ömmade ännu ordentligt i skinnet.

Dörren öppnades. Henning blev överraskad. Det var hans far. Henning hade trott att han var ond fortfarande. För Magnus Fridolin hade sagt till om, att sonen inte skulle ha någon mat den här kvällen utan bara vatten och en skorpa. Men nu stod fadern där.

Han såg inte särskilt ond ut, och gormade inte. I stället satte han sig på sängkanten. La sin stora hand på Hennings axel.

”Är jakten i gång igen nu, far?” frågade pojken. Magnus Fridolin skakade på huvudet.

”Inte mitt i natten! Men tidigt i morgon går Nuttunen ut på spaning. Och sen följer laget efter. Vi får se om vi startar ett drev också.” Fadern betraktade Henning. ”Skog – han som är far till Rudolf, eller hur? – sa en sak. Att vi borde fråga dig varför du gjorde det.”

”Ja det var ingen som ville veta. Ingen som brydde sig. Du själv, far, tycker bara att jag har skämt ut dig. Och stryk fick jag.”

”Men nu skulle jag vilja höra, Henning.” Fadern sa det inte hårt och befallande, utan stillsamt. Han gav på nytt sonens axel en klapp. ”Det finns kanske någonting vi kan reda upp.”

”Och jag behöver inte längre säga, vem som hjälpte mig i gropen?”

Magnus Fridolin skrattade lite. ”Man ska inte skvallra. Och rådet har redan givit sitt utslag i målet. Din medbrottsling efterfrågas inte längre.”

Henning vände blicken från sin far. Var tyst en lång stund. Så berättade han. Först långsamt, sedan allt ivrigare. Om Attila.

Hur han brakat genom isen när han jagat lake, och varit nära att drunkna. Hur den stora varginnan kommit skyndande och dragit upp honom, räddat honom in på fast mark. Och – innan hon försvunnit vänt sig om och get honom som en särskild blick. Henning hade inte kunnat glömma den blicken.

Det hade hänt just den där dagen som fadern hade hittat honom liggande utmattad i en vrå av lagårn. Om inte Attila varit, skulle han inte ens ha kommit tillbaka.

Fadern tittade långt på sin son. Det såg ut som om han förstod.

”En varginna som räddade livet på en människounge!” Han skakade på huvudet. ”Det låter som något du drömt.”

”Det är sant!”

Fadern sa:

Om du säger att det är sant, får jag tro dig.”

”Attila…”, återtog pojken.

”Du gav henne ett eget namn.” Fadern nickade. ”När hon sedan föll i varggropen och var dömd att bli avlivad, kände du att du var skyldig henne en gentjänst.”

”Ja. Och så…”

Magnus Fridolin skakade på huvudet.

”Att hon räddade dig från att drunkna är inte lätt att begripa. I den tanken går det troll. Sådana saker gör inte vargar av sig själva…”

Men den här gjorde det, tänkte pojken. Och det är inte bara det, far. Vargar ska inte skjutas! Han hann inte säga det, förrän fadern fortsatte:

"Jag får tro dig. Varginnan räddade dig. Och sedan gjorde du henne samma tjänst tillbaka. Men du får du lov att förstå, Henning, att ingenting har förändrats! Vargar är onda varelser som river och slår tamboskap. De måste utrotas."

Fadern fortsatte, och det fanns vrede i hans röst.

"Du har alltid haft mat på tallriken, Henning. Aldrig behövt gå hungrig. Som så många måste ibland, här i bygden."

"Är det vargens fel?" sa Henning upproriskt.

"För många tar potatis och råg slut på våren." Magnus Fridolin tycktes inte höra sonen. "I månader, mellan påsk och sensommarens skörd, finns inget annat för en del folk i byn att äta än skogsbär och mjölk. Om man inte lyckas skaffa kött till huset. Därför är den som kan jaga och komma hem med vilt mycket viktig. En god jägare måste kunna springa fort, vara uthållig och känna skogarna som sin egen ficka. Man håller honom högt och respekterar honom, för att han ger mat till dem som hungrar."

Henning svarade inte.

"Vargen däremot", fortsatte fadern, "måste avskys och förföljas. För att han slår djur som folk behöver för att klara sig. Älgar, skogsfåglar, harar. Ja, han ger sig ju till och med på husdjur. Det vet du. Förstår du inte då, Henning, varför vi måste respektera jägaren och avsky vargen?"

"Men – vargen är ju också en skicklig jägare", invände pojken. "Och behöver också kött för att överleva. Han har ingen potatis och ingen råg."

Sådant prat ville Magnus Fridolin inte lyssna till. Fadern reste sig. Han drog med handen genom Hennings hår.

”Om du går ner till mor din, finns det nog en bit harstek.
Den blev en del kvar efter kvällsvarden. Så kurrar det inte så
mycket i magen på dig sedan, när du ska sova.”

Tyst, tyst – så att hans mor inte skulle drömma någon skräckdröm igen och komma rusande – smög sig Henning upp ur sängen och klädde sig.

Också den här natten hade han vaknat redan vid det stora golvurets tolvslag. Men legat kvar, och funderat.

Inte funderat på om han skulle göra det. Utan hur. Vilket var det bästa sättet?

Pojken hade sett genom sitt fönster hur snön fallit, hela kvällen och natten, i tjocka täta flingor.

All snön betydde att han inte kunde gå till fots. Han måste använda sina skidor. Resan skulle bli lång. För att klara sig, behövde han matsäck. Attila hade möjligen något att äta. Men det var inte säkert, att han och hon hade samma smak. Henning log tyst för sig själv.

Det sista han gjorde på rummet var att hämta fram sin bästa livrem. Den var av gott läder, med kraftigt spänne. Han slog den runt livet, under tröjan. Den gick två varv runt, så lång var den.

Han smög in i köket. Öppnade försiktigt dörren till skafferiet, så att den inte skulle knarra.

Där låg de sista bitarna av harsteken. Harstek var nästan det bästa Henning visste. Näst grov kornmjölsgröt med lingon, förstås.

Köttet fanns kvar eftersom pojken inte velat ta emot det kvällen innan. Han hade valt att ligga hungrig i stället. För att han redan då visste, att han snart skulle vara olydig mot sin far igen.

Och nu kurrade det ordentligt i magen. Henning stoppade en ordentlig bit av köttet i munnen. Efter tryckte han in en bit bröd. Ur en hink med mjölk drack han direkt, stora djupa klunkar.

Pojken tänkte, där han stod med hinken mot munnen, att hans far inte hade velat förstå varför Henning räddat varginnan och ungarna ur deras fängelse. Den verkliga anledningen.

Nu trodde fadern, och byrådet, att det var fritt fram igen, att döda vargarna.

Det var det inte.

Henning rös till, när han kom ut i den kyliga luften. Han såg bort mot skogen bortom huset. Den var mörk som det svartaste kol.

Pojken visste att skogen var farlig på natten. Inte på grund av rövare eller rovdjur. Utan för att man inte såg någonting. I dagsljus var en skog man var bekant med som en vän. Det var enkelt att gå på upptrampade stigar. Man kände igen stora stenar och träd längs vägen, det var lätt att hitta.

En skog om natten var något helt annat. Gå inte ut ensam i skogen i mörkret, inte ens femtio meter, brukade Hennings far Magnus säga till honom. Om du måste, pojke, ska du ha något att lysa dig med.

Fadern hade berättat att en kväll i sin ungdom hälsade på en flicka i en grannby, och blev kvar för länge hos henne. När han skulle ta stigen hem genom den stora skogen, var det så mörkt att han inte såg handen framför sig. Än mindre några stenar eller träd han kände igen. Han var väl bekant med vägen. Det hjälpte inte.

'Stigen försvann under fötterna på mig' sa Magnus Fridolin.

Runtom fanns bara svarta trädstammar, grenar och ris som slog honom i ansiktet. Marken var sank och full av hål och gropar. Han kunde lätt snava och kanske vricka en fot. Än värre – gå ner sig i ett kärrhål och sjunka i dyn.

Det fanns bara ett att göra, fast det var otrevligt. Krypa framåt på knäna tills han kom till stadig mark och ett träd att hålla sig till.

'Jag hittade stor torrgran och bestämde mig för den.'

Det var höst och för kyligt att sätta sig ner på marken. Mygg svärmade också runtomkring honom, och ville suga hans blod. För att klara sig fick fadern ta tag i trädet och gå runt, runt.

'Jag gick som en som dragoxe vid en tröskvandring', berättade fadern. 'Timme efter timme.'

När morgonljuset kom, upptäckte Magnus Fridolin stigen bara tjugo meter bort. Han kunde lätt nå den och ta sig hem.

Senare hade fadern pekat ut den bastanta torrgranen för sin son. Där han hade gått runt som en tröskoxe, den där natten. Torrgranen fanns fortfarande kvar. Henning hade ofta sett trädet. Det stod inte långt från Mosjön, där han själv brukade gå.

När Henning vaknade, hade han tänkt använda Polstjärnan och kanske en månskära som kompass. Men nu snöade det. Måne och stjärnor var borta.

Henning hade bättre på fötterna än vad fadern hade haft. Han skulle inte behöva trilla ner i något hål i marken. Ändå – Henning visste att det var en farlig färd han gav sig ut på. Han hoppades att det han sökte inte skulle vara så långt borta.

Henning såg hur hans skor gjorde spår mellan huset och redskapsskjulet. När han kom in i skjulet, hängde familjens skidor och stavar i en rad på väggen. Pojken lyfte ner och spände på sig sina skidor. De var inte tjärade sedan förra året. Han hoppades att glidet skulle räcka till ändå.

Pojken kom ut på backen. Rättade till bindslena och ränseln på ryggen. Han kände efter att slidkniven satt rätt vid bältet. En karl i skogen måste alltid ha kniv till hands.

Det stora huset var mörkt. Ingen tycktes ha upptäckt honom. Flingorna föll tätt fortfarande. Snart skulle fotavtrycken vara gömda under snön, hans skidspår också. Ingen skulle veta vilken riktning han hade tagit.

Och vilken riktning var det? Mot Attila, förstås. Och ungarna, och de övriga vargarna i flocken. Pojken litade på att hans aning om var de fanns, skulle stämma.

Med lite tur kanske han såg spår av vargarna i snön. Men – en annan fanns som också kunde hitta dem. Jägarnas spejare Nuttunen! Henning måste skynda sig allt han kunde, så att han fann vargarna först.

KAPITEL 18 FÖRFÖLJARNA

Henning ville leta reda på Attila och hennes flock, Han tänkte söka på tre ställen. Ett var där Nuttunen först hade upptäckt flocken. Jägaren hade berättat på rådsmötet att han hittat gråbenen i den skog norr om byn, där Åbäckens fåra gjorde tre kraftiga krokar. Henning visste var det var.

Det andra stället var vid Perssons torp. Vargarna borde vara hemmastadda i omgivningen, eftersom det var fähuset där som de angripit. Men pojken tänkte att det också kunde vara alldeles fel. Attila kanske aldrig ville åt det hållet igen.

Det tredje pojken hade i tankarna var Mosjön, det lilla vattnet där varginnan hade räddat honom. Mellan de här platserna var det inte så långt. Hur det var, trodde Henning att vargarna kunde finnas därikring.

Hans plan var att skida runt i skogen i stora cirklar. Till skulle han få syn på dem. Eller komma på deras spår i snön och följa dem, tills han hittade flocken. Efter flykten hade Attila och ungarna förenat sig med den. Det hyste pojken inget tvivel om.

Snöandet hade upphört, så Henning trodde att de spår vargarna satt under natten skulle vara lätta att upptäcka.

Det hade verkat som en fin idé det där, att glida fram och spana på skidor. Men i verkligheten var det jobbigare än han trott. Ännu var det en bra stund till gryningen, och det var mycket mörkt i skogen. Den vita snön lyste förstås upp lite. Men det var ändå svårt att se. Snötäcket över marken var inte tjockare, än att pojken ideligen fastnade med en skida eller en stav i grenar och ris. Han fick lirka sig loss. Efter en halvtimme hade Henning kommit bara ett par kilometer. Men han fortsatte oförtrutet.

En stund senare var pojken vid den lilla sjön. Han åkte i cirkel runt. Inte ut på isen. Han hade inte glömt hur den brustit under honom. Skräcken han känt i det kalla vattnet. Något sådant ville han inte uppleva igen.

Kände han sig inte rädd, och ensam? Henning hade ofta varit ute i skogen på egen hand. Aldrig tänkt på faror. Men de andra gångerna hade han varit ute i dagsljus, ofta med solen skinande. Nu var det mörkt och kyligt. Och ingen visste var han fanns.

Hans olydnad var dubbel. Han hade både begett sig hemifrån utan att tala om det för föräldrarna. Inte ens för August, sin äldre bror. Och det han tänkte göra, för det andra, hade han inte minsta lov till.

Vad var det egentligen? Henning hade i själva verket ingen aning om, vad som väntade. Om han fann vargarna, hur kunde han vara säker på att de skulle välkomna honom? Pojken sköt undan tankarna på faror, och stakade vidare.

Han frös inte nu. Skidåkningen höll honom varm. Långsamt blev det ljusare, och lättare att se. Men i stället började det snöa igen. En vind blåste upp, och snön yrde mot hans ansikte.

Inga spår av vargar. Den nya yrsnön hade väl inte täckt över dem? Eller vad var det svartgrå han tyckte sig skymta, i snåret av smågranar på andra sidan sjön? Nej, han måste se fel. Det rörde sig inte. Några gamla stubbar var det nog, halvt översnöade.

Henning var lite besviken. Han hade hoppats, kanske drömt om, att Attila skulle vänta på honom vid "deras" sjö. Men det hade hon inte. Det var bara att kämpa vidare. Skidorna sjönk djupt ner i lössnön. Det tog emot. Men pojken hade ingen tanke på att ge upp. Han satte fart på skidorna igen och stakade med kraft.

Han svängde lite och riktade in skidorna mot nästa ställe. Åbäckens slingor, där Nuttunen hade upptäckt flocken, dagen innan drevet och jakten började.

Bäcken gjorde sina krokar i en sankmark, ett par-tre kilometer bort. Kanske lite längre, till och med. Men Henning kände ingen trötthet. I alla fall inte än. Där kanske vargflocken nattvilade. Bäcken frös sällan helt. Öppet vatten fanns, om djur behövde dricka. En fin plats. Där trodde pojken att Attila måste finnas.

Rätt som det var, tyckte han sig märka att han var förföljd av något eller några. Det var inte människor – utan tre-fyra vargar. Avståndet mellan dem och pojken blev mindre och mindre.

Henning kunde se den främsta vargens ögon i dunklet. De lågade som små eldar. Vargarnas ben var krökta, huvudet och nosen hölls alldeles över marken. Bara skuldrorna stack upp. Varför smög de på honom? Pojken blev inte rädd. I stället lite ilsken. Det var ju löjligt.

Snart gick det upp för pojken, att det inte var Attilas flock utan några andra vargar. Och han själv var deras tilltänkta jaktbyte. Pojken begrep att de här vargarna inte visste om, att han var Attilas vän. De brydde sig inte om heller, att han var människa.

Varför fanns det så många vargar i skogen? På flera år hade Henning inte skymtat en enda. I hans klass fanns ingen en enda som sett en, livs levande. Varför hade de kommit till de här skogarna?

Pojken stannade till. Kunde det verkligen vara sant, att vargarna var så hungriga att de behövde honom som mat? I så fall – hur skulle han klara sig?

Kanske ville någon skogsjungfru hjälpa honom? Drängarna på gården hade många berättelser om ensamma män i skogen, som sett skogsjungfrur. Eller skogsrår, som de också kallades. De var mycket vackra unga kvinnor, med blont hår och blå ögon. En kolare hade somnat vid sin mila och inte märkte, att milan börjat brinna, han kunde bli väckt av en skogsjungfru. Hon pekade varnande på milan, där lågorna slog upp. Kolaren kunde rädda den i sista stund. När han sedan såg sig om, var skogsrået försvunnet. En skogsarbetare som hade fått ett träd över sig och låg hjälplös tryckt mot marken, kunde bli befriad av varelsen som lyfte på trädet.

När skogsråen visade sig, måste det ha varit på sommaren. För i drängarnas berättelser var de alltid utan kläder, från topp till tå. Henning tänkte att när det var så här kallt skulle inget naket skogsrå komma till hans hjälp. Han fick klara sig själv.

Henning spanade runt något att värja sig med. Han hade hört att folk kunnat hålla bestarna ifrån sig med spjut, eller brinnande ved. Men han hade varken spjut eller eld. Och förresten var det ju ljust. Eldbränder hjälpte väl inte när det inte var mörkt?

Instinktivt sökte Henning efter detsamma som den attackerade älgtjuren hade gjort. Ett skydd för ryggen. Framifrån kunde han kanske försvara sig. Men inte mot angrepp han inte såg.

Pojken fann just detsamma som älgtjuren hade gjort. En grov gran med täta grenar. Den stod alldeles intill. Han slank in under den.

I skydd därinne rev han av sig skidorna. Han andades flämtande. Omkring var alldeles tyst. För ett ögonblick trodde och hoppades pojken, att vargarna inte skulle upptäcka honom, utan rusa förbi.

Men det var fel. Strax fick Henning syn på ledarvargens glödande ögon igen. Nu var de bara tio-femton meter ifrån honom. Vargen stod halvt gömd i ett ensnår. Bakom enbuskarna kunde pojken ana de andra tre i flocken, hur de spanade på honom.

Nu kände han igen pälsarnas gråsvarta teckningar, det han tagit för gamla stubbar. Om han hade förstått då, vad han såg! Han hade kunnat göra ett lappkast på skidorna. Och kört hemåt det fortaste han kunde! Nu var det för sent.

Henning ville inte tänka på, om han var rädd. Men kände att det blivit torrt i munnen som sandpapper. Pojken tog tag om sin skidstav. Den var stark, och hade en vass spets av järn i ändan. Men skulle den avskräcka vargarna? En varg, kanske – men allihop?

Utan att tänka på det, drog Henning sin tröja högre kring halsen och knäppte igen jacka ända upp. Han visste ju att rovdjur försöker komma åt halsen på dem de anfaller. Pojkens tröja var tjock, och jackan också. Han tryckte ryggen mot den breda stammen bakom sig.

Angreppet kom snabbt. En varg dök upp till vänster, från ingenstans. Den hoppade upp mot hans sida. Med sin fria hand stötte pojken ifrån sig varghuvudet, så det missade honom. Samtidigt kände han något hugga tag och bita sig fast i hans högra axel.

Det var den största vargen, ledarvargen, som hade anfallit. Vargens tyngd gjorde att Hennings ben vek sig. Trots att ledarvargens hugg inte gått igenom tröjan och jackan, gjorde det illande ont i axeln. Pojken stod på knä. Han såg att den andra vargen, som hade förlorat balansen, rullade bort några varv från honom. Men nu var den på benen och vände mot honom igen. Den skulle strax anfalla igen.

Henning anade att ledarvargen strax tänkte släppa greppet om hans arm, för att i stället hugga mot halsen. Pojken var så nära intill vargens rygg att han kunde känna den fräna lukten från pälsen.

Nu var goda råd dyra. Han släppte skidstaven, ryckte fram sin kniv ur slidan. Fiskkniven var kraftig, hade blad med blodskåra och var skarpslipad. 'Egentligen alldeles för stor en för en liten pojk', hade pappa Magnus sagt någon gång. Men Henning hade fått behålla den. Och nu... Pojken tvekade ett ögonblick. Skulle han använda kniven – mot en varg? Skada en varg? Det var ju inte vad han tänkt sig.

Men det gällde sekunderna, förstod han. Och livet. Pojken tänkte: Det var du som började...!

Just som ledarvargen släppte taget om hans axel för att göra ett nytt hugg, körde pojken in kniven i dess mage. Vargen ylade till av smärta. Den vände sig och linkade undan. Den hade förlorat stridslusten. Men faran var inte över.

Henning snappade åt sig staven och kom på fötter. Han hörde att en varg skrapade vid trädet bakom hans rygg. Den skulle anfalla så fort den kom åt. Kanske bita tag i hans ben.

Den varg som hade missat språnget var på väg mot honom igen. Han såg de röda käftarna och tungan. Nu kom också den tredje ut från enrissnåret, på språng mot honom. Den var lite mindre, kanske en unge och inte så farlig. Men det var i alla fall tre stycken.

Pojken lyfte sin skidstav. Det fanns inget annat för honom än att kämpa. Men kampen var ojämn. Han önskade att han hade haft Emil med sig.

I samma ögonblick kom ett dovt hostande ljud bortifrån gläntan. På det ett skarpt gläfsande. Pojken kände igen ljudet. Han kunde inte tro sina öron. Attila!

Nu kom hon framspringande också. Bakom följde tre-fyra av de vuxna vargarna i hennes flock.

Attila och hennes följe tvekade inte. De gick till angrepp mot Hennings förföljare, skuldra mot skuldra, med morranden och hugg. På en minut var striden över. Vargarna som anfallit Henning gav sig av i vild flykt. Ett par ur Attilas flock rusade efter.

Attila brydde sig inte om förföljandet. Hon ställde sig nära Henning, bara en halvmeter ifrån. Men hon tittade inte på honom. Blicken höll hon vänd åt ett annat håll. Hon stod så, en lång stund.

Ur snåren kom en hel flock småvargar störtande. De var fler än tre, kanske fem eller sex. Men tre av dem var modigast. De sprang fram till Henning, nafsade honom på skoskaften lite grann och rusade iväg igen.

Nu vände Attila på huvudet och mötte lugnt Hennings blick. Så träffas vi igen, tycktes hon säga. Det var ju riktigt tur, att vi kom och räddade dig! Pojken kunde inte låta bli att ta händerna ur vantarna och sticka ner händerna i hennes päls, som han hade gjort i gropen. Hon lät honom hållas.

De andra vargarna i flocken snodde runt lite, eller dolde sig i snåren. De som jagat i väg Hennings angripare kom tillbaka. Flämtande, med tungorna ute. De la sig ner för att vila. De andra brydde sig inte om Attila och Henning; de sysselsatte sig med sitt.

Pojken kände sig plötsligt förfärligt hungrig. Han hade ju mat i ränseln. Harsteksbitarna! Han tog fram två. Han tvekade och tittade på Attila.

”Ska du ha?” sa pojken. ”Du kanske till och med tänker snappa dem ur handen på mig!” Men varginnan gjorde ingen sådan ansats. Slickade sig inte ens om munnen. Hon satt på bakbenen, som en hund. Henning tänkte: Om hon kunde bli min hund. Världens största och starkaste hund!

Attila måste ändå vara hungrig. Vargar var säkert alltid hungriga. Henning bestämde sig för att äta först själv, sedan ge henne benen. Benen – med lite kött kvar på.

Pojken kände sig mycket bättre till mods. Ljusare hade det blivit. Till och med glimtar av sol över snön. Axeln där vargen bitit honom ömmade inte längre. Han såg att det var hål i jackan. Pojken tänkte att Attila hade rätt. Han hade haft en väldig tur.

Han betraktade vargungarna, som stojade med varandra. Kanske skulle han följa med vargarna. Bli en i flocken.

Nu hände något. Ut ur snåren en bit bort kom en varg, en ung varghanne. Henning kände igen teckningen i pälsen. Det var en av dem som hade angripit honom. Pojken gick några steg bakåt.

Men nu stod vargens ragg inte på ända. Den visade inte tänderna. Långsamt och hukande kom den emot dem. Henning tittade åt Attilas håll. Även hon hade upptäckt nykomlingen. Hon reste sig bara lugnt upp. Den främmande vargen, som stannat upp, fortsatte försiktigt framåt.

Bakom den unge hannen dök de två andra främmande vargarna upp. De var honor. Henning kunde se skillnaden nu. Honorna var lite gracilare och hade smalare nosar. Den fjärde, den största vargen som Henning skadat med sin kniv, syntes inte till.

Henning undrade vad vargarna ville. Tänkte de be Attila att låta pojken bli deras middag? Han drog sig fört säkerhets skull undan lite till, för att få trädet i ryggen.

Men det verkade inte som om de främmande vargarna brydde sig om honom. De såg inte ens åt pojkens håll. Strax efter kom två ungar lufsande. Dem känner Henning inte igen. De måste höra till nykomlingarna.

Den unge hannen var snart framme vid Attila. Han var ingen hund, viftade inte på svansen. Men Henning tyckte att han hade samma glada slingrande rörelse i kroppen som en hund, som vill vara vänlig och ställa sig in.

Mycket riktigt. När hannen kom fram till varginnan – som inte såg det minsta rädd ut – satte han i gång att slicka henne. Ja det gjorde han faktiskt! Nu närmade sig också de två honorna. De slickade inte Attila. I stället sjönk de ihop framför henne och rullade sig på marken.

Attila betraktade lugnt alltihop. Efter en stund vände hon sig och bet den unge varghannen i nacken. Inte hårt utan snarast som vänskapliga tjuvnyp. "Uppför dig bra nu, annars ska du få med mig att göra!" tycktes hon mena.

Nu begrep Henning. Hans angripare hade kommit och bett att få bli medlemmar i Attilas flock. Och hon hade sagt ja till det.

KAPITEL 19 VANDRA, LÅNGT BORT

Att Henning skulle stanna med vargarna var omöjligt. Pojken log för sig själv. Vad skulle föräldrarna säga? Att han blev varg var ännu omöjligare än att Attila blev hund.

Men nu – det gick inte an att sitta och drömma längre. Nuttunen kunde ha hittat vargarnas spår, och vara på väg. Med geväret i högsta hugg.

Just som han sträckte på sina stelnade lemmar, såg han ett par yngre vargar ur flocken komma ut ur skogen. De sprang fram till Attila och gläfste ivrigt. Liksom knuffade på henne, och vände sig om för att rusa tillbaka samma väg som de kommit. Det var precis som hundar gjorde, när de ville visa sin husse någonting som de upptäckt.

Attila förstod det. Hon lät dem leda vägen och följde efter, utan brådska. Henning slöt upp bakom henne. Han var nyfiken. Vad var det vargarna hade att visa? Han fick springa fort för att hinna med.

Efter några hundra meter märkte pojken hur vargarna framför stannat vid en grandunge. Något mörkt låg under en av granarna. När pojken kom närmare, såg han. Det var en älg.

En mycket ung älg. Bara en kalv på ett eller två år. Och den var inte död, den rörde sig. Kalven såg ut att vara skadad, sårad av något. Blodig över hela ryggen. Nu såg Henning att ett spjut med avbrutet skaft satt i dess nacke. Instinktivt tog pojken ett steg närmare. Han tänkte att han kunde försiktigt dra ut spjutet. Och ge kalven att dricka. Försöka sköta om den en stund. Så kanske den klarade sig.

Det var som om Attila förstått hans tanke. Hon vände på huvudet och morrade mot honom. Det hade hon aldrig gjort förut. Hon morrade inte högt och vasst. Men det var ändå en varning. 'Det här är inte din sak!'

Pojken stirrade en stund på henne. Så begrep han.

Han vände sig om och gick långsamt tillbaka. Han hörde bakom sig hur Attila gav ifrån sig några skarpa gläfsanden. Längs vägen kom resten av flocken rusande förbi Henning, med flämtande käftar. När Henning kom tillbaka till sin plats vid den stora breda granen, sjönk han ner.

Han mer anade än hörde, hur vargflocken gjorde slut på älgkalven och åt sig mätta på dess röda varma kött.

Det var tid att fortsätta nu. I Hennings huvud fanns ju en plan. Han visste inte om den skulle lyckas. Han måste i alla fall försöka.

Vad var det för en idé han hade? Pojken hade stött på Attila och hennes flock norr om Mosjön. Sjön låg bara sju kilometer från gränsen till nästa kommun. Det var bra. Det kunde ha varit värre, ett mycket större avstånd.

Henning reste sig upp. Idén hade han hade haft hela tiden, ända sedan han låg i sin säng kvällen innan. Den fordrade varginnans medverkan. Men ville hon?

"Vi måste börja nu. Och det är nödvändigt att du är med på det", sa pojken till Attila. "Du kan inte spjärna emot, för då går det inte!"

Det lät som Attila hade hört, för hon gjorde en liten rörelse med huvudet. Vad hon tänkte, visste han förstås inte.

Henning lättade på jackan, och tröjan under. Han lossade livremmen, som han bar virad två varv omkring midjan. Satte remspetsen på plats i öglan och gjorde en snara. Pojken närmade sig varginnan.

Hon stod med blicken forskande vänd mot honom. Han lät fingrarna några gånger fara mjukt genom raggen. Så trädde han långsamt snaran över hennes huvud.

Det här var det svåraste i hela företaget. Om Attila slet sig loss nu... om hon blev arg, eller rädd. Om hon...

Men varginnan gjorde ingenting. Hon stod alldeles stilla och lät honom trä över remmen. Till och med när han slöt åt den tätare kring hennes hals, gjorde hon inget motstånd.

Det var en löpögla nu, en "strypsnara". Pojken hade bestämt sig för, att en sådan måste det bli. Annars skulle han inte kunna hålla emot och styra den stora vargen. Det var ändå hon som bestämde. Attila kunde stanna och äta upp honom närsomhelst, om hon ville.

Henning kunde ha sagt: 'Vi måste ge oss av nu. Kalla på flocken!' Men han behövde inte det. Det var som om Attila räknade ut det själv.

Hon gav till ett litet men hårt gläfsande. På det kom några hostande ljud ur hennes strupe. Vargarna i flocken hade tydligen goda öron. För fastän flera var långt borta, och ungarna sysselsatte sig med att rulla runt och bråka, var de allihop samlade bakom sin ledare efter några sekunder.

Inte någon i vargflocken hade på hela tiden morrat eller visat tänderna mot Henning. De tycktes acceptera honom, helt och fullt. Ingen reagerade heller nu på det rätt märkliga, att deras ledarinna hade ett band runt halsen. När Attila började röra sig, följde efter.

Nästan sju kilometer. Skulle Henning orka det?

Färden gick bättre än han hade trott. I alla fall i början. Han hade tagit på sig skidorna. Attila drog honom framåt. Efter en stund hade pojken och vargen hittat formen. Det gick undan. Ett par gånger fastnade en skida eller staven i ris eller grenar, och Henning ramlade. Men han släppte aldrig taget om remmen. Och Attila stannade och väntade, tills han kommit på fötter igen.

Någon gång ibland var han tvungen att hejda henne, genom att dra hårt i remmen. Det var för att byta riktning.

Han visste ganska säkert åt vilket håll de måste färdas, för att komma dit de skulle. Om riktningen var det bara Henning, inte Attila, som kunde bestämma.

Henning hade trott att ungarna skulle vara långsamma, att de små skulle sinka dem. Så var det inte. Även om de ibland rullade runt i stället för att stå på tassarna, rörde de sig minst lika snabbt som han. I alla fall när de ville.

Snart blev solen så stark, att snön smälte undan. Det var bra. Eftersom jägaren Nuttunen inte kunde hitta några spår då.

Men för skidföret var det illa. Henning blev till slut tvungen att ta av sig skidorna och staven. Han hängde upp dem i en stor björk. Siktade sedan noga in var trädet stod i terrängen. Hans far skulle inte bli inte glad, om Henning kom och sa att han hade tappat sina skidor. Pojken tänkte att han kunde hämta dem, så fort det blev tid. Kanske redan nästa dag.

En timme gick, i den snabba takten. Så en till. Henning kände att han behövde en rast. Om benen skulle orka vidare, måste han vila sig.

På andra sidan av ett stort kalhugget fält såg han, och hörde, en bäck. Där stannade han. Han var törstig. Det var vargarna också. De ställde sig bredvid varandra, allihop. Doppade nosarna i det strömmande bruna vattnet. Henning sörplade ur handen.

I en blank vattenyta i bäcken kunde han se sig själv. Han såg en pojke som var alldeles röd i ansiktet, med hårtestar stickande rakt upp från huvudet. En pojke som var halvdöd av ansträngningen att rusa fram natt och dag över stock och sten. Och innan dess att klättra i djupa hålor.

Alltihop för att rädda en skock djur, som alla andra människor tyckte borde slås ihjäl eller skjutas. Var han en dåre, en tokskalle? Hade han sågspån fulla hjärnan? Och skulle han över huvud taget lyckas klara vargarna?

I samma ögonblick var faran i fatt dem.

KAPITEL 20 RIKTNING NORDOST

Henning hörde ett rop, så starkt och högt att det skallade mot skogen. Rösten kände han väl igen.

Det var Nuttunens. Så – jägaren hade hittat dem och hunnit ifatt! Ja, det var inte annat att vänta. Pojken och vargflocken hade ju inte precis färdats snabbt under de senaste timmarna.

"Gå bort ifrån odjuren, Henning. Genast! Spring över hit till mig!"

Vargarna omkring pojken stelnade till av ljudet. Men de rusade inte i väg. Utan sjönk ihop på marken, så att de doldes bakom buskar och ris.

Henning kände hur det brände bakom ögonen, av ilska och förtrytelse. Han vände på huvudet. Såg Nuttunen stå vid skogsbrynet. Jägaren hade geväret i händerna, riktat åt pojkens och vargarnas håll. En gråhund hade han med sig, som trampade nervöst vid hans ben.

En stund blev det tyst. Jägaren stirrade avvaktande över stubbåkern åt Hennings håll. Han väntade tydligen på att pojken skulle komma springande för att rädda sig.

Hade Nuttunen då inte begripit nånting? tänkte Henning. Han kände inte av tårarna längre. Förstod inte jägaren att pojken var där frivilligt? Att han var på vargarnas sida?

Jägaren ropade igen, med lite ilska i rösten:

"Har de bitit dig, pojk? Vad din far kommer att bli glad!"

Nuttunen trodde tydligen att Henning var som den där lilla flickan med lysblosset. Hon som hade burits bort genom mörkret av vargen.

Pojken kupade händerna runt munnen och skrek till svar:

"Åk hem nu, farbror Nuttunen! Här är ingen vargjakt!"

Nuttunen blev tyst igen. Kanske av förvåning. Så svarade han:

"Det är hon som slapp ur gropen som står bredvid dig. Varginnan! Jag ser det. Hon måste skjutas. Flytt på dig, pojk. Annars kan du bli träffad!"

Till svar flyttade sig pojken ännu närmare Attila. Och de andra i flocken reste sig från de gömmen där de hukat och slöt upp bakom ledarvargen. När gråhunden vid jägarens sida fick syn på alla vargarna, trampade den ännu oroligare.

Nuttunen stod obeslutsam ett tag. Så ropade han igen:

"Vad är det du tänker göra, pojk?"

"Låt oss bara vara", hördes det från pojken. "Lämna oss i fred."

Nuttunen stod tyst och stilla. En lång stund. Han stirrade bortåt pojken och vargarna.

Så sänkte han geväret, säkrade och hängde det på ryggen. Han sa inte ett ord mer, vände sig bara om och klampade bort på sina snöskor.

Gråhunden följde honom. Hunden vände sig däremot om flera gånger, och tittade mot vargflocken. Till sist försvann de två in i granskogen.

Hennings far och mor skulle få veta av jägaren att deras son inte hade gått bort sig. Det var bra, tänkte pojken i ett ögonblick av ånger.

Nu var det nödvändigt för pojken och vargarna att komma vidare. Det var långt lidet på dagen. Kring Attilas nacke hängde ännu Hennings läderskärp. Han tog tag i det. Pojken kunde inte gläfsa, som Attila. Men smackade gjorde han, som man gör åt en häst. För att få i gång ekipaget.

Så snabbt Hennings ben tillät, färdades de vidare. Över stock och sten. Far Magnus hade lärt honom, hur man orienterade sig i skogen. Man tog hjälp av solen på himlen om den fanns där (och det gjorde den nu). Man tittade efter hur myrstackar var vända. Man granskade utseendet på olika träds grenar och bark åt norrhållet och söderhållet. Henning visste att den riktning de borde hålla var rak nordostlig.

Han sprang med Attila i band en timme, kanske en timme till. Bakom följde flocken. Ibland stretade varginnan emot lite. Kanske tyckte hon att pojken var för liten för att få bestämma hela tiden. Men Henning var envis, och hon lät honom fortsätta, raka vägen åt sitt håll.

Ja, ibland måste han ju göra en krok. Till exempel runt en jättesten, eller runda något ensnår som var för tjockt att tränga igenom. Ibland måste de vänta på en eller annan unge som kommit efter flocken. Eller några av vargarna som hejdat sig vid ett vatten för att dricka. Men annars gick det stadigt framåt. Pojken kände ingen trötthet. Eller också ville han inte känna efter.

Till sist kom de till det som var målet.

KAPITEL 21 FRIHETENS SPÅNG

Det målet var så stort, att det hursomhelst inte var lätt att missa. Henning hade räknat med det. En milsbred myr kunde han inte tappa bort. Han hade också letat rätt på var myren låg, på den stora hembygdskartan i skolan.

De såg ut över väldig slätt, vidsträcktare än ögat nådde. Den gick i vågor. De var oroliga. Ändå såg det nästan ut som om myren gungade. På den brungula ytan fanns mycket lite växtlighet. Bara något enstaka snår av låga barrträd och tuvor av ljung och förtorkat gräs. Dess namn var Lidermyren.

Den släta tjocka mattan såg inbjudande ut att gå på. Men Henning visste att så var det långtifrån. Myrar var inte säkra för folk till fots. Den här var extra lömsk.

Om man steg det minsta fel på "mattan", sjönk foten ner. Myren var ett träsk. Om man klarade att få upp foten igen, hade man ändå säkert förlorat sin sko eller stövel. Den här myren var bottenlös, hade Henning hört sägas. Den farligaste av alla.

Just därför hade socknarna på båda sidor låtit bygga en gångled på spänger tvärsöver. Den förband Liderums socken med Bötera socken. För folk som måste gå över. I affärer eller för att hälsa på släktingar. Myren var ett ingenmansland mellan socknarna.

Gångleden var lång. Mer än tre kilometer vindlade den sig fram över myren. Smal var den, men stadig. Spängerna byttes ut innan de hunnit multna och bli osäkra. På sina ställen hade byalagen också låtit bygga räcken, för att göra leden ännu säkrare.

Men räcken skulle inte en flock vargar behöva, för sin övergång.

Varginnan vände sin svarta nos mot pojken, sprätte lite med öronen. Så flyttade hon blicken ut mot gångleden. Spången började alldeles framför hennes tassar. Hon spanade en stund längs spången, som ledde över myrens gungande yta och försvann bakom ett snår av buskar och ris längre ut. Ingen människa syntes till.

Varginnan tycktes inte förstå. I stället hördes ett dovt ljud ur hennes strupe. Som om hon morrade. Henning upprepade en gång till: "I alla fall tills vidare!" Pojken föll ner på knä vid varginnans sida, för att komma åt läderremmens knut. Han lossade remmen. När det var gjort, la han i stället sina armar runt hennes hals. "Vill du att jag ska gå med dig en bit till? Över spången? Men den klarar du lätt själv, både du och din flock sedan." Men i stället för att öppna en springa i gapet som ett litet leende – det hade hon gjort ibland tidigare – vände Attila bort huvudet från honom.

"Jag följer dig väl över spången då", sa pojken lite irriterat. "Om det känns bättre..." Han trampade upp på spången. Varginnan följde efter.

Henning kände sig inte väl till mods. Något var inte bra mellan honom och Attila. Inte från luften. Irån honom själv. Det var vargen, Sedan några timmar, tyckte Henning sig se hur vargens ögonvitor hade vänt till nästan lila från det lugna gråa tidigare. Och ibland glödde det till djupt inne i hennes ögon. Äsch! Attila var förstås besviken att hon snart skulle mista honom, sin gode kamrat och räddare, tänkte pojken sturskt. För inte kunde hon blivit arg. Gick och avskydde honom – för att han var människa?

Nu var de äntligen över den långa spången. Det hade tagit minst en halvtimme. Pojken kände sig tröttare i benen än på länge. Måste vila. Han satte sig abrupt ner på ändan av spången och tog fram sin matsäck. Lugnt och skönt en stund. Lite vila även för Attila.

Men Henning kände sig inte lugn. Det hade blivit lite sämre med ljudet. Han tyckte han hörde knaster och till och med brakande ljud från de stora snåren en bit bort och spöklika hoanden som från en uggla längre bort ifrån.

I ränseln hade han bara kvar en halv smörgås åt sig själv och en liten bit kött . Han räckte den mot Attila och bet själv i smörgåsen. Fyra små tuggor kunde den bli, i bästa fall. Nå om fem timmar kunde han vara hemma igen och få en stor tallrik varm korngröt med äppelmos till.

Attila tog inte mot köttbiten. I stället vände hon återigen bort huvudet. Pojken kände tårar bränna lång ner i ögonen. Vad var det för fel? Nu blev han ilsken och dunkade varginnan hårt i sidan med båda knytnävarna.

” Är du besviken på mig, Attila, för att jag lämnar dig? Men jag måste ju det!”

Varginnan hade nu börjat gläfsa o morra och stirra under lugg på honom med sänkt huvud på ett sätt som hon aldrig gjort förut Då hände det oväntade. Attila sprang upp, kastade sig över Henning och bet honom! Först i armen, den vänstra, sedan i benet. Pojken blev så perplex att han inte kunde hindra varginnan från att ge honom ett så kraftigt hugg över käken och i kinden att blodet rann.

Men då vaknade pojken till liv, knuffade sig fri från vargkroppen med samma fermitet som han gjorde det under granen – och lyckades med kraftiga rörelser dyka ner i skydd under spången. Samtidigt fick han upp den stora kniven ur slidan och riktade den mot vargen, beredd till försvar. Vreden steg igen i pojken och han kunde inte själv heller låta bli att utstöta ett vildsint tjut. ”Hur kan du bara göra så här? Är du en idiot!?!”

I stället för att göra någon ny attack, vände sig Attila hastigt om och begav sig i väg. Hennes strupljud tystnade, Henning kude höra varghonans lätta tassande steg tona bort längs stigen. Åtminstone åt rätt håll, tänkte pojken. Kände tårarna tränga fram igen.

Länge låg Henning där.

Han kunde inte sluta att tänka på den fina plan han haft. Till grannsocknen Liderum skulle Attila och henns flock ta sig över. För i Liderum jagade man inte vargar. Där hade inte förekommit någon vargjakt, visste pojken, på hundra år. Anders Andersson hade berättat der för honom. Han som handlade med fisk och reste vida omkring för att köpa och sälja.

För Liderum var en socken som låg vid havet. Där fanns öppet vatten, vikar och skär och nästan ingen skog. Ingen plats för vargar. Därför var det heller inga som jagade sådana.

"Ditåt ska ni, Attila!" Pojken pekade. Samtidigt hade han tänkt att att det nog inte skulle räcka med Liderum. Snart skulle folk upptäcka dem och bli skrämda, i den socknen också. Och jägarna i Liderum ladda sina gevär, eller ta fram fångstnät, för att jaga de onda.

Om Attila ville rädda sin flock, måste hon vandra vidare. Långt långt. Till de stora skogarna norrut. Där fanns orört vilt land. Där kunde vargarna kanske få vara i fred, och överleva.

Skulle det ändå kunna bli så? Henning viste inte. Och han orkade inte tänka mer, Upp och härifrån annars frös han ihjäl. Han måste hem.

Han anade att det skulle bli för långt. Samtidigt fortsatte tankarna att snurra kring det omöjliga som hade hänt. Varför Attila, hans vän, plötsligt hade bitit honom. I stället för att lätt stryka sig mot honom och le sitt gåtfulla leende med tungan ute, som hon brukade.

Henning lyckades kravla sig tillbaka upp på spången. Där var det inte så kallt. Men förflytta sig krypande tillbaka – nej det skulle gå för sakta. Och han märkte att han inte ens kunde ta sig upp på benen. Vargens bett hade gått igenom både jackan och byxorna. Det värkte. Slutat blöda i ansiktet hade det. Men han kunde inte se igenom vänsterögat för allt levrat blod.

Jag måste krypa, tänkte han.

Då hände det något överraskande igen. Men något bra den här gången. Från andra sidan spången närmade sig något.

En människa. Vargjägaren Nuttunen! Som fortfarande ville rädda honom och skjuta Attila?

Men kanske svimmade Henning i stället. Eller också drömde han ändå. Om hur det kunde ha blivit.

De hade kommit fram till spången, Attila och han. Bakom sig hade hon sin flock. Varginnan gav honom först en blick och sedan ett sista leende ur mungipan. Hon tog några steg framåt, prövade spången med tassen – och fortsatte ut på den. Det gick lätt. Hon var snart långt i väg. Efter henne följde flocken, små och större om varandra.

Långt ut på myren stannade Attila. Just innan hon nådde det stora snåret i slutet. Flocken stannade bakom henne. Varginnan vände på huvudet mot Henning. Han skulle ha höjt handen och vinkat till avsked. Tårarna kom Henning i ögonen, igen. Fast han nästan sov och alltihop kanske bara var en dröm.

Han torkade inte bort dem. Brydde sig inte.

Nuttunen slösade ingen tid på prat. Snabbt högg han ner några kraftiga slanor ur snåret, band ihop dem med läderremmar han hade i fickan. Lyfte med starka armar in Henning på sin släpsläde, gjorde fast den i sitt bälte och gav sig tillbaka över den långa spången.

"Varför bet Attila mig så jag nästan kunde ha dött? Hon var ju min bästa vän!"

Det var som om vargjägaren hört Henning. Han vände på huvudet.

"Du var dum hela tiden, pojk! Du ville inte förstå…! Att en varg inte är människans vän. Bara sin egen och en mycket beräknande varelse.Vargen är ett rovdjur. Med onda instinkter…!

Det skakade och skrapade så mycket under och i släpsläden eller båren, att Henning knappt hörde Nuttunen. Ändå ropade han till svar:

"Nej inte onda! Jag tror dig inte!"

"Vargen är vild. Alltid farlig. Det kan vi inte göra nånting åt! En varg kan aldrig bli vän med någon på allvar. Varken med kalvar eller getter eller allra minst människor eller människors barn!"

"Nej!" skrek pojken genom bårens skrapande ljud.

" Du tror mig inte. Men det är naturens lag!"

"Attila är inte elak!" ropade Henning.

Nuttunen vände på huvudet.

"Kanske var vargarna inte onda från början. Men när människan svarade med att försöka döda dem på alla sätt – med spjut, gevär, djupa fallgropar och hemska fällor – blev vargarna grymma och lömska tillbaka. För alltid..."

"Du är så dum!" skrek pojken.

”Du ska vara glad för din del, Henning”, flämtade Nuttunen, ”att den grå djävulen inte kom tillbaka. Åt upp dig direkt där du låg...!”

Den möjligheten hade inte fallit Henning in. En omöjlig tanke. Samtidigt gjorde den honom så glad att han skrattade glatt och lyckligt. Trots att det ryckte ont i alla tre såren.

Vargjägaren sa inget mer utan vände på huvudet och fortsatte framåt.

Var det så att Attila aldrig varit hans vän? Utan bara

listigt hade använt *hans,* Hennings, vänskap och tillit för att komma undan?

Nu ville pojken inte tänka på det mer.

Han hoppades att Nuttunen skulle orka, och skynda sig. För Henning längtade häftigt hem nu. Få äta en stor varm gröt med mjölk och äppelmos. Och hoppas att mor tog hem en doktor som sydde ihop såren så att han blev hel igen. Det måste göras, visste han.

Sedan en dag kunde bli tid att prata om vargarna med mor, far och kamrater. Kanske med Nuttunen igen också. För att få dem att förstå.

Och själv förstå.

***

TIDIGARE PUBLICERAT AV JAN ERIC ARVASTSON (URVAL)

Skorstenen, polisroman (1976)

Drottningens barn, thriller (1979, pocket 1994)

Sprickan i berget, thriller (1985, pocket 1998)

Kvinnospionen, thriller (1986, pocket 1997)

När Kennets sista stund var kommen, ungdomsroman (1988) senare nyutgiven hos Saga Egmont (2019) och på tyska "Als Kennets letzte Stunde..."

Ett enda ögonblick av mod, LL-roman (1988)

Sanndrömmen, thriller (1989)

Guldet i grottan, LL, ungdomsroman (1990)

Den gudarna älskar ..., thriller i TV1 (1991)

Indianen gick upp på berget, thriller (1993, pocket 2000)

Så dog Paolo Colón, thriller (1997)

Starkast av alla, thriller (1997)

Flickan med tidsekot, thriller (1999)

Jenny min Jenny, thriller (2002)

Herren till Gåsevad, kriminalroman (2003)

Kleine Kajsa – ganz schön pfiffig, barnbok på tyska (2005)

Messi slår inga långbollar, satirisk pjäs (Dast 2016)

Gullstigen (2017)

Pojken Som Räddade Maskar, barnbok (2018)

BIM - Den Eminente Missilern, thriller/satir (2019)